KB114094

작곡가
최현일

작곡가 최현일 2

Dr.Dre 장편소설

초판 1쇄 찍은 날 § 2016년 12월 7일
초판 1쇄 펴낸 날 § 2016년 12월 14일

지은이 § Dr.Dre
펴낸이 § 서경석

편집책임 § 김슬기
편집 § 김현미

펴낸곳 § 도서출판 청어람
등록번호 § 제387-1999-000006호
등록일자 § 1999. 5. 31
어람번호 § 제1-2569호

주소 § 경기도 부천시 부일로 483번길 40 서경B/D 3F (우) 14640
전화 § 032-656-4452 팩스 § 032-656-4453
http://www.chungeoram.com
E-mail § chungeorambook@daum.net

ISBN 979-11-04-91058-6 04810
ISBN 979-11-04-91056-2 (세트)

작곡가 최현일

FUSION FANTASTIC STORY

Dr.Dre 장편소설

②

책이있는마을

작곡가
최현일

CONTENTS

Chapter 1
맥시드

"와아, 시설 좋네요!"

"그렇죠? 누구 덕분에 사정이 꽤 좋아졌거든요."

"……?"

'Make Me Famous'와 이하연의 활발한 활동으로 꾸준히 돈도 들어오고 있는 데다 얼마 전 생긴 목돈으로 아예 층 하나를 사버린 현일이다.

따라서 벽을 허물고 옆 호실과 이어 공간을 확충해 엔지니어들을 위한 작업실을 따로 만들고 장비도 들여놓았다.

'조만간 건물주가 될지도 모르겠는데?'

어차피 팀 3D가 아니더라도 엔지니어는 필수불가결하기에 언젠가는 해야 될 일이었다.

지금이야 GCM엔터테인먼트 소속 뮤지션이 둘뿐인지라 현일이 어떻게든 엔지니어링까지 도맡았다고 쳐도 나중에 회사가크면 지금처럼은 불가능할 터였다.

"하하, 농담입니다. 엔지니어는 중요한 인재니까 이 정도는해야 하지 않겠습니까?"

현일은 팀 3D의 얼굴을 차례대로 둘러보며 말했다.

그저 상대의 기분을 맞춰주기 위해 하는 말이 아니었다.

무거운 금속성의 기타 소리가 난무하는 헤비메탈 노래를 한국의 구수한 트로트풍의 노래로 만들어 버릴 수도, 또는 그 반대로 만들 수도 있는 게 엔지니어의 재량이다.

그렇게 엔지니어가 음악에 미치는 영향은 무궁무진하며, 보이지 않는 제2의 멤버라고 불리기도 하는 만큼 엔지니어의 책임과 실력은 중요했다.

"레코딩, 믹싱, 마스터링을 누가 맡을지는 각자에게 맡길게요."

"내가 믹싱을 하지."

안시혁이 먼저 손을 들고 의견을 피력하자 그 후로는 일사천리였다.

"난 아무 거나 상관없어."

"그럼 제가 레코딩을 맡을게요."

"지금 즉시 결정하란 얘기는 아니었는데… 뭐, 오히려 잘됐네요. 그럼 준비해 주세요."

그에 이지영이 새침한 얼굴로 말했다.

"오자마자 일부터 해야 하는 거예요?"

"쇠뿔도 단김에 빼라는 말 몰라? 원래 회사라는 게 다 그런 거지, 뭘."

"그게 아니라 가르쳐 주시기로 했잖아요. 최 사장님의 영업 비밀!"

"최 사장이라니… 갑자기 낯간지럽게 왜 이래?"

"왜 화제를 돌려요? 어디서 얼렁뚱땅 넘어가시려고?"

"쳇, 들켰군. 근데 진짜 별거 아니니까 기대는 안 하는 게 좋아."

"네!"

그래도 뭐라도 하나 얻어 간다는 게 마냥 좋은지 이지영은 양손을 마주 잡으며 고개를 끄덕였다.

"그럼 우리는 뭘 하면 되지?"

김성재의 질문에 현일은 가만히 생각에 잠겼다.

그동안 MMF나 이하연의 신곡이 굳이 필요하지도 않았고 소송부터 여러 일로 바쁜 탓에 따로 작곡을 하지 않았기 때문이다.

물론 필요하다면 현일이 미래에 만든 곡을 머릿속에서 꺼낼 수도 있지만.

"일단 기계를 한번 만져보세요. 나중에 많이 써야 할 텐데 빨리 익숙해져야 하니까요."

"그렇겠네. 마침 여기서는 어떤 장비를 쓰나 궁금했는데 말이야."

"분명히 마음에 들 겁니다."

이지영에게 영업 비밀(?)을 전수하는 건 의외로 간단했다.

흔히 변주곡처럼 현일이 마음 가는 대로, 또는 그래프가 지시하는 대로 노래에 임의로 화음을 넣어주고, '와, 어떻게 한 거예요?'라고 물을 때마다 '감으로'라고 일축하면 '역시 현일 오빠는 대단해요'라는 대답이 돌아왔다.

간혹 '그런데 진짜 그게 다예요?'라는 반응이 나오기도 했지만 '별거 없다고 했잖아'로 일축해 버렸다.

'초능력을 써!'라고 할 수는 없는 노릇이 아닌가.

'슬슬 아이돌을 영입할 때가 됐다.'

어쨌든 작업실을 나와 차에 탄 현일은 숨은 진주를 채집하기 위해 어딘가로 향했다.

소속 가수의 해외 진출도 어느 정도 회사의 간판에서 빛이 나야 가능한 법.

팀 3D에게 일거리도 안겨주어야 하고, 좌우지간 GCM엔터테인먼트가 대형 연예 기획사로 발돋움하는 데에는 아이돌만 한 것이 없었다.

그도 그럴 것이, 현일은 바로 써먹을 수 있는 비장의 카드를 쥐고 있으니까.

'구석에 처박아둔 좌우를 꺼내 들 때가 되었다.'

그리고 현일이 향한 곳은 다름 아닌 SH엔터테인먼트였다.

*　　　　*　　　　*

"아얏!"

SH엔터테인먼트의 만년 연습생인 한지윤은 동료 연습생들과 함께 춤 연습을 하던 중 발이 미끄러져 엉덩방아를 찧고 말았다.

"지윤아, 너 요즘 왜 이래? 곧 있으면 심사인 거 몰라?"

동료 연습생들 앞에서 추태를 보인 한지윤은 욱신거리는 엉덩이를 어루만지며 힘겹게 일어섰다.

"으윽, 미안."

안 그래도 조만간 연습생의 성취를 평가하는 심사일이 다가온다.

그날에 대비해 밤낮으로 연습해도 시원찮을 판국에 요즘 한지윤은 연속되는 실수에 같은 팀원들에게서 안 좋은 시선을 받고 있었다.

그러나 동료들의 성격이 나쁜 것은 아니었다.

처음에 만나자마자 쉽게 친해졌지만 벌써 연습생 생활만 몇 년.

비록 순식간에 몰락했다고는 하지만 자신들보다 훨씬 늦게 들어온 유은영이 자신들을 저만치 제치고 올라섰다. 이제는 회사 사람들이 '맥시드'라는 단어만 들어도 절레절레 고개를 젓는 것을 본인들이 가장 잘 알고 있었기에 신경이 곤두서는 것은 어쩔 수 없었다.

또한 심사에서 기획팀장님의 시큰둥한 표정을 한두 번 본 게 아니기에 한지윤과 팀원들, 가칭 '맥시드'는 '이번이 아니면 안 된다!'는 각오로 죽기 살기로 연습에 임하고 있었다.

아직 10대이긴 하지만 점점 나이는 들어가는데, 이번에도 심사 위원들의 눈 밖에 나면 별다른 경력도 없이 회사에서 쫓겨날 공산이 컸다.

뒤늦게 취직을 하려고 해도 이력서의 공백을 면접관들에게 추궁당할 것은 불 보듯 뻔한 일이다.

아니, 면접까지 갈 수나 있다면 그것만으로도 대단한 일이다.

"됐어, 넌 좀 쉬는 게 나을 것 같아."

"아, 아냐. 계속할 수 있어."

리더인 민유림이 한지윤에게 휴식을 권했지만 그녀는 손사래를 쳤다.

"으윽!"

"지윤아, 괜찮아?"

"으응……."

오만상을 하며 신음하는 한지윤.

엉덩이에 멍이라도 든 모양이다.

"괜찮긴 뭐가 괜찮아? 에휴! 자!"

민유림이 한지윤에게 지폐 몇 장을 건넸다.

춤을 연습할 땐 몸을 편하게 움직일 수 있도록 간단한 옷차림에 각종 물품은 로커에 넣어두는 게 보통이지만 종종 편의점이나 자판기에서 음료수를 뽑아 먹는 일이 흔하기에 주머니에 지폐 몇 장 정도는 넣어두는 것이 예사였다.

"채린아, 지윤이 데려가서 이걸로 파스라도 사서 붙여줘."

"근처에 약국이 있던가? 모르겠는데."

"얘는… 파스를 약국에서만 파니? 편의점에도 있잖아."

이내 김채린은 자주 들르던 편의점을 떠올리고 고개를 끄덕였다.

그녀는 한지윤을 부축하며 민유림과 김수영을 쳐다보고 물었다.

"그럼 지윤아, 가자. 아, 뭐라도 좀 사올까?"

"아이스크림."

"알았어, 금방 갔다 올게."

그렇게 둘은 문을 나섰다.

그녀들로선 그때 밖에서 누굴 만나게 될지 상상도 할 수 없는 일이었다.

"꺼억."

몸속에 들어찬 탄산가스를 시원하게 토해내고 음료수 캔을 쓰레기통에 골인시킨 현일은 예상외의 난관에 봉착했다.

'일단 오긴 왔는데… 어떻게 들어가지?'

그저 맥시드가 나오기를 하염없이 기다린 지 한 시간째.

'으음, 전화라도 해볼 걸 그랬나?'

그러나 현일은 고개를 저었다.

안 좋은 관계에 있는 회사의 작곡가에게 소속 연습생과 만나게 해줄 것 같지는 않았다.

'정공법으로 가는 수밖에.'

그냥 기다린다.

맥시드를 영입하기 위해서라면 충분히 하루 정도는 시간을 내줄 가치가 있었다.

'어?'

그 순간이었다, SH 간판이 달린 건물 앞에서 정처 없이 서성이던 현일의 눈이 반짝인 것은.

"많이 아픈가 보네?"

"아니… 견딜 만해."

"견딜 만한 사람이 그렇게 앓는 소리를 해? 어서 가자. 이제 다 왔으니까."

한지윤은 욱신거리는 통증을 이를 꽉 문 채 참아내며 고개를 끄덕였다.

'한지윤이랑… 김채린?'

어딘가 불편한 모양인지 절뚝거리고 있는 한지윤을 김채린이 부축해 주고 있었다.

'운명이라는 건가.'

마침 보고 싶어 마지않던 그 인물들이 자신의 앞에 떡하니 나타났다.

이게 바로 운명의 데스티니가 아니면 뭐란 말인가.

'저 애들이 날 알까? 불쑥 다가가서 아픈 사람 붙잡고 작곡가 최현일이라고 하기도 좀 그런데.'

이럴 때면 아직 자신의 이름값이 높지 않다는 걸 실감한다.

'SH엔터테인먼트랑 저작권 소송을 한 바로 그 작곡가라고 하기도 좀 그렇고……'

현일도 지금의 맥시드가 회사 내에서의 입지가 어떠한지 잘 알고 있었지만 어찌 됐든 그녀들은 현재 SH소속의 연습생이었다.

그런 식으로 접근해 봤자 긍정적인 반응을 기대하긴 어려웠다.

그렇게 현일이 턱을 어루만지며 고민하고 있을 때, 고맙게도 그녀들이 먼저 이쪽으로 다가와 주었다.

물론 현일에게 용건이 있는 건 아니겠지만.

'풋풋하네.'

그녀들에 대한 현일의 평가이다.

그런 현일의 수상한 시선을 느낀 김채린이 작게 속삭였다.

"지윤아, 저 사람 이상하지 않아?"

"응? 뭐가?"

"아까부터 자꾸 우릴 쳐다보잖아."

"그, 그런가?"

"그렇다니까! 빨리 살 것 사고 가서 직원들한테 말하자."

"응."

안타깝게도 그녀들은 맥시드를 스타로 만들고자 음모를 꾸미고 있는 현일을 치한으로 착각하고 이 구역에서 끌어낼 심산인 모양이다.

잠시 후, 파스와 콘 아이스크림 네 개를 계산대에 올린 김채린은 카운터 알바생에게 지폐를 건네주었다.

아니, 건네주려고 했다.

"4,700원입니다."

"네? 어쩌지? 4천 원밖에 없는데… 너 돈 있어?"

"한 2천 원 있을 텐데… 잠깐만."

한지윤이 호주머니를 뒤적거릴 때였다.

"이걸로 계산해 주세요. 그리고 저거 카라멜 마끼아또… 아니다. 아메리카노 한 잔이랑… 너희들, 뭐 마실래?"

"…네?!"

현일의 돌발 행동에 두 소녀가 기겁하여 몸을 움츠렸다.

"우리 잠시 이야기 좀 하자."

"괘, 괜찮아요! 돈 있어요!"

기어코 2천 원을 찾아낸 한지윤이 질겁하며 말했다.

"너희들, 힘들지 않아?"

"…네?"

"이번 심사에서도 떨어지면 큰일 아니야? 너희들, 그 꼰대 팀장 눈 밖에 날까 조마조마할 텐데… 사실 이미 눈 밖에 났을 거야."

"……?"

둘은 두 눈을 동그랗게 뜨고 현일을 바라보았다.

"누구… 세요?"

자신들의 처지를 훤히 꿰뚫고 있는 이 사람은 대체 뭐 하는 작자일까?

그 의문은 곧 풀릴 수 있었다.

"작곡가 최현일이라고 들어봤을지 모르겠네."

그렇게 말하며 현일은 손에 쥔 GCM엔터테인먼트의 명의로 된 법인 카드를 자신의 얼굴 앞에 펼쳐 보이며 씨익 미소 지었다.

카운터에 팔 한 짝을 걸치고 멋지게 몸을 기대면 제대로 폼이 살아날…….

"계산 안 하실 거예요?"

'젠장할.'

이런 분위기 파악 못하는 망할 알바를 보았나.

그렇게 생각하며 애써 미소 지은 현일이 재차 입을 열었다.

"일단 뭐라도 마시면서 얘기하자. 뭐 마실래? 아메리카노 좋아해? 난 안 좋아하는데 의외로 사람들은 그 맛없는 걸 되게 좋아하더라고."

"……."

"그럼 아메리카노 석 잔 주세요. 소프트 콘도 하나 주시고요."

이 편의점엔 커피 내리는 기계와 소프트 콘을 내리는 기계가 공존했다.

수백에서 수천만 원을 호가하는 기계인 만큼 대여비도 만만치 않아 둘 중 하나 있는 편의점도 보기 드문데, 아마 주로 이용하는 손님이 손님이다 보니 고객에 맞춰 들여놓은 듯했다.

물론 그런 걸 주문했을 때 썩어 가는 알바의 표정을 보는 것 또한 묘미였다.

최저 시급을 받는 편돌이로서는 귀찮음의 극치이기에.

"이것 다 같이 계산해 주세요. 말보로 레드 하나 주시구요. 아, 담배 뭐 피우세요?"

"네?"

"한 갑 사드리려고요."

뭐 이리 귀찮은 걸 다 시키느냐는 듯 차가운 눈빛으로 현일을 쏘아보던 알바는 그 한마디에 금세 환한 얼굴이 되었다.

그도 그럴 것이 요즘 담배 한 갑은 최저 시급에 버금갔으니까.

"감사합니다! 안녕히 가세요!"

"하하하, 제가 그쪽의 귀중한 한 시간을 사드린 겁니다. 수고하세요."

"네!"

계산이 끝나고 평소라면 스마트폰을 만지작거리며 기계적으로 '또 오세요'를 남발했을 알바가 허리까지 굽히며 현일에게 인사를 했다.

현일도 언젠가 편의점에서 알바를 한 적이 있었기에 편돌이는 손님이 작은 것 하나만 해줘도 크게 기뻐한다는 것을 잘 알고 있었다.

단지 그뿐이다.

"푸흡!"

한데 두 소녀는 그 별것 아닌 짓이 뭐가 그리도 우스운지 손으로 입을 가리고 연신 조소를 뿜어대고 있었다.

그러거나 말거나 현일이 소프트 콘을 할짝거리며 파라솔이 깔린 테이블에 앉자 김채린이 자연스럽게 맞은편에 착석했다.

유감스럽게도 한지윤은 아직 통증이 가시지 않아 앉지 못했다.

"먼저 궁금한 거 있으면 물어봐."

먼저 입을 연 것은 김채린이었다.

"저기요, 아저씨."

"……."

"아저씨?"

"……."

김채린의 부름에도 현일은 들리지 않는다는 듯 먼 산을 바라보고 있었다.

"작곡가님?"

"응?"

즉각 반응이 왔다.

그런 현일의 모습에 옆에 서 있던 한지윤이 키득거렸다.

"그거 맛없다면서요? 왜 샀어요?"

김채린이 테이블에 놓인 아메리카노를 턱짓하며 말했다.

그러자 현일은 할짝거리던 바닐라 맛 소프트 콘을 컵에 풍덩 빠뜨리더니 빨대로 커피를 솔솔 저었다.

바야흐로 즉석 아포가토의 완성이다.

"이러려고."

"후훗, 아저씨 재밌네요."

"……."

들은 척도 않은 채 아포가토만 홀짝거리는 현일.

"큭큭큭."

"우리랑 얘기하자고 하신 이유가 뭐예요?"

김채린의 질문에 한지윤이 귀를 기울였다.

"영입 제안."

"……?!"

둘의 눈이 커다래졌다.

나름 경쟁 회사의 사람이 찾아왔다는 걸 알고 어렴풋이 짐작은 하고 있었지만 직접 말로 듣게 되자 느낌이 달랐다.

아니, 반신반의했다.

"왜요?"

왜일까?

꿈은 있으나 희망은 없는 자신을, 우리를 왜 영입하겠다는 것일까?

뭘 보고?

김채린과 한지윤은 그것이 의문이다.

"난 너희들의 재능을 믿는다."

절대 허튼 말이 아니었다.

그 누가 알았겠는가.

무명 신인이던 이들이 노래하며 춤추는 것을 녹화한 영상을 누군가가 유튜브에 올렸고, 그것이 그들을 단숨에 스타덤에 올려줄 것이라곤 아무도 예상하지 못했다.

그런 황금 알 낳는 거위를 몰라보고 SH는 맥시드를 손에서 놓으려 하고 있다.

물론 현일이 아무 짓도 하지 않고 그저 시간이 흘러가도록 내버려 두면 결국 맥시드는 SH의 훌륭한 스타가 되겠지만 당연히 그렇게 놔둘 생각은 요만큼도 없었다.

상념을 털어낸 현일이 말을 이었다.

"너희들이 나를 얼마나 아는지는 모르겠지만 난 너희들을 잘 알아. 맥시드는 흑색 왜성이라는 걸."

"…흑색 왜성이요?"

김채린과 한지윤이 동시에 고개를 갸웃거렸다.

"어, 흑색 왜성. 혹시 너 태양의 최후를 알아?"

현일이 검지로 태양을 가리키며 말했다.

"…글쎄요? 폭발… 하려나?"

"무한히 넓은 우주에 있는 수천억 개의 별 중에서도 우리 태양과 비슷한 질량의 별들이 초신성 폭발을 일으켜 지구를 불바다로 만들고 백색 왜성이 되었다가 천천히 식어가면서 흑색 왜성이 되지. 그게 태양의 최후야."

"……"

현일은 아포가토를 한 모금 마신 뒤 말을 계속했다.

"그리고 아무런 빛도 열도 내뿜지 않아 육안으론 절대 관찰할 수 없는 천체지. 아무도 못 본다는 거야."

김채린의 얼굴이 붉어졌다.

"지금 우릴 비웃으려고 붙잡은 거예요? 영입 제안? 웃기시네! 됐어요! 지윤아, 가자!"

그녀는 자리에서 벌떡 일어나 한지윤의 팔을 잡아챘다.

'연습할 시간도 촉박한데 웬 이상한 아저씨가 와서 열 받게

하고 있어, 진짜!'

그러나 그들은 현일의 다음 말에 멈칫할 수밖에 없었다.

"하지만 그렇게 아무도 눈으로는 보지 못하는 흑색 왜성은 사실 다이아몬드로 가득 차 있지."

"······?"

"아니, 가득 찬 것뿐이겠나? 흑색 왜성 자체가, 그 거대한 별이 전부 다이아몬드로 이루어져 있지."

사실 흑색 왜성은 없다.

앞으로도 존재하기 힘들 것이고, 어쩌면 우주가 끝나는 그날까지도 없을지 모른다.

백색 왜성이 다 식어서 흑색 왜성이 되는 데 걸리는 시간이 자그마치 수백억 년이나 되니 말이다.

현재 우주의 나이가 137억 년 정도임을 감안하면 현재로선 절대 존재할 수가 없는 이론상의 별이다.

물론 현일은 그 사실을 잘 알고 있었지만 굳이 그것까지 말해줄 이유는 없었다.

'나름 공들여 준비한 멘트인데 잘 먹힐까 모르겠군.'

잠시 동안 정적이 흘렀다.

김채린이 입을 열었다.

"···우리가 다이아몬드로 보여요?"

"응."

현일은 일말의 망설임도 없이 고개를 끄덕였다.

"정말요?"

"그래. 아니면 내가 그렇게 만든다!"

김채린은 솔깃해 다시 의자에 앉았다.

"어떻게 만들어줄 건데요?"

"그건 영업 비밀이고."

왠지 김채린은 뒤통수를 맞은 듯한 느낌이 들었다.

눈앞의 사내는 말 한마디로 사람을 들었다 놨다 하는 재주가 있는 모양이다.

"이 자리에서 다 가르쳐 줄 수는 없지. 게다가 지금 너희 둘밖에 없잖아?"

현일이 김채린과 한지윤을 차례대로 쳐다보며 말하자 둘은 무심결에 고개를 끄덕였다.

아직 정식 그룹도 아니고 연습생일 뿐이지만 그래도 두 소녀는 네 명이 함께 의논하는 것이 바람직하다고 생각했다.

차라리 리더라도 이 자리에 있다면 모를까.

현일이 전화기의 시계를 보며 말했다.

"이거 중요한 심사가 있을 텐데 너무 시간을 뺏었나? 그래도 이것만큼은 알아줬으면 좋겠다. 난 누구처럼 너희들을 한낱 돈줄로 보지 않아. 물론 너희들이 돈을 벌어다 줘야 우리가 먹고 사는 건 사실이긴 한데… 그래도 난, 우리 GCM은 너희들이 원하는 꿈을 펼칠 수 있도록 최선을 다할 테니까."

"GCM? GCM엔터테인먼트요?"

김채린과 한지윤이 동시에 화들짝 놀라는 기색을 보였다.

그녀들도 GCM에 대해 알고 있는 모양이다.

'하긴, 모를 리가 없지.'

가십거리에 민감한 10대 소녀들인 데다 자기 회사 일이었으니 말이다.

"응."

"거기 SH보다 작지 않아요?"

"그리고 넌 SH에서 쫓겨나게 생겼고."

정곡을 찔렀다.

"…근데 아무리 생각해도 이상하네요. 그저 연습생인 우리를 어떻게 알고 계신지……"

"원래 이 바닥이 다 그런 거야. 경쟁사에서 누굴 키우고 있는지 정도는 훤하다고. 사업이란 게 다 그래."

능숙하게 둘러대며 현일은 지갑에서 명함을 꺼내 내밀었다.

김채린이 그것을 받았다.

(작곡가 최현일. 010—XXXX—XXXX. Anytime you want)

"…이거 그냥 종이 잘라서 만든 거 같은데요?"

피부로 생생하게 전해져 오는 명함의 질감.

A4용지를 잘라서 볼펜으로 끼적거린 게 분명했다.

"그럼 명함을 종이 잘라서 만들지 철판 잘라 만드나?"

현일이 뭘 그런 걸 다 물어보냐는 듯 퉁명스럽게 대꾸하며 자리에서 일어났다.

"헐, 진짜 깬다. 방금 전엔 살짝 감동적이었는데."

"크흠! 친구들이랑 의논해 보고 잘 생각해 봐. 연락 기다리고 있을게."

둘은 그런 현일의 뒷모습을 멀뚱멀뚱 쳐다보고 있을 뿐이다.

"얘들은 무슨 아이스크림을 만들어서 가져오나?"

민유림이 흘러내리는 땀을 수건으로 닦으며 중얼거렸다.

편의점은 가까운데 어째서인지 김채린과 한지윤은 10분이 지나도록 돌아오지 않고 있었다.

"전화해 볼까?"

옆에 있던 김수영이 거들었다.

그때였다. 호랑이도 제 말 하면 온다고 했던가.

잠시 후, 김채린과 한지윤은 아이스크림을 먹으며 둘에게 자초지종을 늘어놓았다.

"뭐? 누군지도 모르는 사람을 따라가자고?"

"GCM엔터테인먼트의 작곡가라던데?"

"그 유은영 작곡가?"

"그렇겠지."

"그 사람이 맞는지는 확인해 봤어?"

현일에게 받은 건 있지만 그걸 보여줬다간 오히려 의심만 커질 것이다.

"그러니까……."

이내 김채린은 자신이 본 것을 떠올리고는 주먹으로 손바닥을 쳤다.

"아, 카드. 아이스크림 계산해 줬는데 분명히 그 회사 명의로 된 법인 카드였어."

의심의 여지가 없는 확실한 물증이다.

"…일단 그건 심사 보고 나서 다시 얘기하자. 아직 기회는 남아 있으니까."

"알았어."

"너희들 보험 생겼다고 흐트러지면 안 돼. GCM은 SH보다 훨씬 작다는 거 명심하고."

현일이 들었다면 심장을 비수로 찔리는 느낌이었겠지만 리더로서의 자질은 훌륭한 민유림이었다.

*　　　*　　　*

"…물론입니다, 당연하죠."

"그럼 그렇게 알고 이 사장님만 믿겠습니다."

"이거 몸 둘 바를 모르겠습니다."

"하하하! 그럼 수고하십시오. 다음에 식사 한번 같이하십시다."

"예, 따님은 걱정 마세요. 잘 돌봐드리겠습니다. 그럼."

악수를 끝으로 이성호가 차에 탑승하자 운전사는 회사로 향하기 시작했다.

"후우, 젠장할."

뒷좌석에 앉은 이성호는 진통제 두 알을 삼킨 후 눈을 감고 관자놀이를 꾹꾹 짓눌렀다.

'빌어먹을 편두통.'

안 그래도 연습생들의 심사가 코앞으로 닥쳐온 탓에 골머리를 앓고 있었다.

한데 마치 예고 없이 찾아오는 편두통처럼 시도 때도 없이 전화기를 울리는 투자자들의 비위까지 맞추느라 진땀을 빼야 했다.

큰 회사의 사장인 만큼 할 일이 많은 게 당연하고 최근 신인 가수의 횡액으로 인하여 뒷목 잡고 쓰러질 뻔도 했지만 그가 평소보다 더욱 스트레스를 받는 이유는 다름이 아니었다.

청탁.

'이젠 아예 노골적으로 요구하는군.'

특히나 요즘 투자자들의 성화가 전에 비해 거세졌다.

SH엔터테인먼트에 자신의 딸을 꽂아 넣은 것도 모자라 최대한 빨리 데뷔시켜 달라고 요구해 왔다.

예전이었다면 잘 구슬렸겠지만 유은영의 일로 투자자들에게 큰 손해를 안겨준 이성호로서는 타협하기도 힘든 상황이었다.

'연습생 리스트가… 여기 있군.'

이내 가방에서 기획팀이 올려 보낸 서류 몇 장을 꺼낸 이성호는 차분히 결재 서류를 들여다보았다.

'이 녀석은 남 이사 아들이고, 이 녀석은……'

사실 SH가 주기적으로 오디션을 보긴 하지만 그건 대외적인 명분일 때가 많았다.

비단 SH뿐만 아니라 연예 기획사라면 줄이 닿는 사람들의 자식이나 조카 등을 뽑아주는 경우가 많은 것이 현실이었다.

나름 실력 좀 있는 애들을 뽑아서 키우나 인맥으로 데려온 애들을 키우나 트레이너 붙여주고 시간 지나면 어차피 비슷한 데다 투자자들에게서는 집중 트레이닝이다 외국에서 모셔온 유명 강사다 뭐다 해서 알랑방귀만 잘 뀌어주면 돈을 받아낼 건더기가 많았다.

그런고로 유감스럽게도 오디션으로 뽑은 연습생은 계획된 데뷔 시즌에서 밀려나는 것이 당연했다.

심사진 또한 회사 내 몇몇 임원에게서 압력을 받기에 이미 결과를 내놓고 허울뿐인 심사를 볼 뿐이었다.

이성호는 서류를 스륵 넘겼다.

'민유림 팀인가?'

―열정은 있으나…….

'원래는 이번에 데뷔 준비시키려고 했는데…….'

그녀들에게는 보류 판정이 내려졌다.

＊　　　＊　　　＊

심사가 끝나고 민유림을 비롯한 네 명은 결과를 통보받았
다.

"하아, 우리 정말 열심히 했는데……."

민유림이 푸념을 늘어놓았다.

대충 예상한 결과였다.

심사 당일, 갖은 인고 끝에 보인 맥시드의 춤과 노래였지만
하늘은 그녀들에게서 눈을 돌렸는지 심사 위원들의 반응은 시
큰둥하기만 했다.

하늘이 무너져라 푹푹 한숨을 내뱉는 그녀들.

만약 성인이었다면 천추의 한이라도 맺힌 듯 강소주를 병나
발 불고 있었으리라.

"아무리 봐도 우리가 걔네들보다 잘했어."

김채린이 먼저 투정을 부리자 팀원들이 거들었다.

"그 김인선 말이야?"

"그래! 나 그 팀 춤출 때 김인선 걔 안무 실수한 거 내 눈으
로 똑똑히 봤다니까!"

"너도 본 거야? 나만 본 줄 알았는데."

"근데 왜 우린 안 되고 그 팀이 올라가?"

"내 말이!"

"혹시 심사 위원들은 못 본 건가?"

"우리도 봤는데 그럴 리가 있겠어? 심사 위원인데."

"그 심사 위원들, 제대로 보지도 않는 것 같더라고. 지윤아, 너도 봤지? 네 생각은 어때?"

"어? 이, 인맥 아닐까?"

"그럴 줄 알았어. 김인선 걔 아빠가 우리 회사 주주라는 소문이 있던데 역시……."

"그만들 하고 다시 연습하자. 지금 우리가 부족한 건 사실이야. 아직 춤추면서 노래 부르는 것도 힘들잖아."

"어차피 곧 쫓겨날지도 모르는데……."

한지윤을 마지막으로 연습실에 적막이 내려앉았다.

감정이 격해지는 그녀들을 민유림이 제지했지만 이미 맥시드는 의욕을 잃은 상태였다.

안 그래도 몇 명은 집에서 부모님이 가수 따윈 관두고 공부나 하라고 성화였다.

그리고 민유림도 마찬가지였기에 이맛살을 찌푸렸다.

그러나 한 명의 생각은 달랐다.

"…기회가 여기에만 있는 건 아니잖아?"

정적을 깬 것은 김수영이었다.

다른 세 명은 그게 무슨 소리냐는 듯 얼굴에 의문을 띠며 그녀를 쳐다보았다.

"GCM엔터테인먼트로 가자."

"거기를?"

"GCM?"

"GCM엔터테인먼트?"

세 명이 놀라 동시에 소리쳤다.

하나 이내 민유림이 고개를 저었다.

"무슨 말을 하나 했더니 결국 그거였어? 어차피 여기나 거기나 마찬가지일 거야. 그 회사는 소속 가수도 고작 여섯 명뿐인데다 아이돌 기획은 전무하잖아. SH보다 구리다고. 거기선 개별 연습실도 못 얻을 거야."

민유림은 이어 한지윤을 홱 돌아보며 말했다.

"그렇지?"

"어? 으, 응······."

한지윤은 고개를 끄덕일 수밖에 없었다.

김수영의 제안에 순간 혹했지만 생각해 보니 수십 년 동안 성장해 온 노하우가 있는 SH와는 달리 GCM은 그저 어느 날 갑자기 툭 튀어나온 햇병아리에 불과했다.

뿐만 아니라 연예 기획사는 회사 특성상 건물 규모가 크지 않는데 SH는 상당히 크다.

연습생에게까지 개별 연습실을 제공해 주는 회사는 여타 메이저 기획사를 통틀어 SH엔터테인먼트 하나뿐이었다.

다만 GCM은 예외였다.

소속 가수가 워낙에 적다 보니 Make Me Famous와 이하연이 따로 연습실을 쓰고 있었다.

어쨌든 그런 만큼 민유림의 입장에선 다른 이들은 메이저 기획사가 SH만 있는 것도 아닌데도 불구하고 이곳에 들어오기 위해 혈안인데 다른 곳으로 옮기자고 말하는 김수영을 보니 기가 찰 수밖에 없었다.

그럼에도 김수영은 뜻을 굽히지 않았다.

"하지만 반대로 생각하면 그 회사가 그만큼 실력이 있으니까 순식간에 이름을 알린 거 아냐? 심지어 거기서 만든 노래를 사장님이 표절까지 했잖아! 그리고 유은영은 그 노래로 단숨에 1등까지 해먹었다고!"

김수영이 소리치자 김채린이 제지했다.

"쉿! 누가 들으면 어쩌려고 그래?"

"흥! 들으라고 해. 난 더 이상 여기서 인사부 직원들 눈치 보고 싶지 않아. 지긋지긋하단 말이야. 게다가 아까 김인선 걔네들 지나갈 때 우리 비웃는 거 너희들도 봤잖아? 그렇지, 지윤아?"

"그랬던 것 같기도 하고……."

민유림도 그 부분은 부정할 수 없어 입술을 질근 깨물었다.

"같이 안 가도 상관없어. 나 혼자서라도 그 작곡가 만나볼 거니까."

듣자 하니 김수영은 이미 마음을 굳힌 듯했다.

'어쩐지 요새 뭘 그렇게 열심히 검색하나 했더니만.'

민유림은 최근 들어 갑자기 김수영이 작곡가에 대해 검색하기에 작곡에 관심이 생긴 줄 알았는데 그게 그거였던 모양이다.

"지윤아, 너 그 사람 전화번호 알아?"

"응, 내 폰 연락처에 있어."

'넌 또 왜 그걸 저장해 놓은 거니?'

민유림은 애써 그 말을 삼킨 대신에 한숨을 내뱉었다.

*　　　*　　　*

"끝!"

"벌써 끝난 건가요?"

"그래. 노래 잘 부르는데? 앞으로도 그렇게만 해주면 항상 일찍 끝날 것 같아."

"작곡가님 덕분이죠, 뭐."

"현일 오빠가 만든 음악엔 무슨 마법이라도 걸려 있는 모양이지?"

"음, 그렇다면 그런 것 같기도 해요."

"무슨 뜻이야?"

이하연이 턱을 짚었다.

"어… 신기하게도 현일 오빠가 준 노래들은 하나같이 부르는데 별로 힘들지가 않아요."

이지영이 흥미롭다는 표정을 지었다.

"호오, 그래? 그 말을 들으니 나도 한번 불러보고 싶어지는걸."

"그게 또 그렇지가 않아요."

"응?"

"제 친구들도 제 노래를 좋아하거든요. 다행히요… 헤헤헤. 그래서 같이 부르곤 하는데 친구들은 한 곡만 불러도 힘들어하더라고요."

"그러니까 네 말은 너의 노래가 너만 잘 부를 수 있는 맞춤형 곡이라는 거야?"

이하연이 고개를 끄덕였다.

"그런 것 같아요."

녹음이 끝나고 이지영과 이하연은 담소를 나누었다.

둘은 오늘 처음 만났지만 같이 작업을 하고 얘기를 나누다 보니 쉽게 친해질 수 있었다.

음원 차트 3위에까지 올랐던 이하연.

현재 이하연의 노래는 총 여섯 개였고, 이제 슬슬 그녀도 정규 앨범을 하나 정도 낼 때가 되었다고 판단하여 현일은 열심히 그녀에게 노래를 작곡해 주었고 오늘 한 곡의 녹음이 끝났다.

그리고 믹싱과 마스터링이 끝나면 최종적으로 다시 현일이 검수하는 시스템이다.

"신기하네."

그렇게 말하는 이지영의 눈에서 반짝반짝 빛이 나고 있다.

"그렇죠?"

"당연하지, 누가 만든 곡인데."

현일이다.

그가 등장하자 이지영의 얼굴에 자연스레 환한 미소가 그려졌다.

"아, 오셨어요?"

"음."

"현일 오빠, 있잖아요. 하연이가 그러던데······."

이지영의 말을 묻으며 울리는 현일의 전화기.

"응? 잠깐만. 여보세요."

―안녕하세요. 저기··· 그··· 저번에 만났던··· 전데요······.

모르는 번호였지만 귀에 익은 목소리.

현일은 누군지 대번에 알아차렸다.

"한지윤?"

―네.

"흠, 전화가 좀 늦었다?"

―아, 저기··· 그게 좀··· 죄송······.

―아이구, 답답해라! 폰 이리 줘봐.

'이 목소리는 김수영인가?'

현일은 피식 웃음이 나왔다.

—여보세요?

서로 몰라야 하는 사이이기에 아는 척할 수 없었다.

"누구십니까?"

—김수영이라고 해요. 지윤이랑 같은 팀이요.

"아, 반갑다. 그래, 전화를 했다는 건 결심을 한 모양이지?

—그런 셈이에요.

"그런 셈이라니? 확신이 아니면 안 되는데? 혹시… 다른 애들은?

—다른 애들이요?

"너희 네 명이잖아. 채린이랑 유림이는? 옆에 있어?

—하아, 채린이는 고민 중인가 봐요. 계속 찔러보면 넘어올 것 같긴 한데, 유림이가 문제예요.

'끄응, 네 명 전부가 아니면 곤란한데……'

현일이 머리를 짚었다.

넷 모두 스타성이 있는 유망주들이다.

그룹의 멤버가 여럿이면 멤버들이 여러 곳에서 활동할 콘텐츠가 늘어나고, 소속사는 그만큼 각종 방송에서의 점유율이 높아진다.

기획사에서 8명, 9명의 인원으로 그룹을 만드는 것도 단지 솔로보다 여럿을 한꺼번에 키울 때 들어가는 비용을 아낄 수 있기 때문만은 아니었다.

다 이유가 있었다.

"일단 네 명 다 같이 만나볼 수는 있지?"

―네, 그 정돈 수락할 것 같아요.

"시간은 언제쯤이 좋을까?"

―당장은 널널해요. 심사가 끝났거든요.

"알았다, 그럼 내가 시간이랑 장소 정해서 문자로 보내줄 테니까 그때 보자."

―네.

뚝.

현일은 속으로 쾌재를 불렀다.

시작이 반이라는 말처럼 만나서 노래만 건네주면 반은 성공한 셈이다.

"누구예요?"

이지영이 의문을 표했다.

"흑색 왜성."

"⋯⋯?"

"그런 게 있어."

"또 영업 비밀이에요?"

"곧 알게 될 거야."

현일의 대답에 그녀는 더더욱 알 수 없다는 표정을 지었다.

맥시드에게 점심을 사주고 온 현일은 이하연과 팀 3D를 녹음실에 불러놓고 예전에 자신이 부른 '좌우'를 그들에게 들려주었다.

"푸흡, 아하하하하하! 이거 현일 오빠가 부른 거예요?"

이지영이 박수까지 쳐대며 박장대소를 했다.

물론 나머지 사람들의 반응도 별반 다르지 않았다.

"대박!"

"나보다 더 잘 부른다, 야."

"성재 말이 맞다! 너 가수해도 되겠다? 그냥 차라리 작곡은 우리한테 맡기고 네가 무대로 나가라! 흐하하하하!"

"다 피치 커렉션 툴(Pitch—Correction Tool)로 보정한 겁니다."

좌중들 사이에서 뻘쭘해진 현일은 머리를 긁적였다.

'반응이 이렇게나 뜨거울 줄은 몰랐는데.'

이지영이 손으로 얼굴을 가리더니 웃음을 참으며 입을 열었다.

"그건 그렇고, 이걸 들려주는 이유가 뭐예요?"

"이 노래 어떤 것 같아?"

"음, 웃겨요! 아하하하하!"

결국 그녀는 참지 못하고 다시 웃음을 터뜨렸다.

현일이 고개를 가로저었다.

"에휴, 하연이 너는?"

현일의 질문에 턱을 검지로 짚으며 고민하던 이하연은 이내 손바닥으로 무릎을 탁 쳤다.

"어… 약간 아이돌? 네, 맞아요. 아이돌 노래 같아요."

"음."

이하연의 예리함에 살짝 감탄사를 내뱉은 현일은 이내 안시혁을 봤다.

"시혁이 형은요?"

"그냥 대충 DAW로 작곡한 건가? 장비가 조잡한 느낌인데."

"그냥 대충은 아니고요. DAW는 맞습니다."

"가사라든가, 여러 가지로 걸그룹 노래 같은데 남성 보컬에 맞게 믹싱도 잘돼 있고. 괜찮은 노래야. 내 취향은 아니지만."

현일이 고개를 끄덕였다.

"나도 시혁이랑 같은 생각인데, 첨언하자면 가사가 중독적이고 무심코 비트를 흥얼거리게 만드는 그런 매력이 있는 것 같고, 안무만 잘 짜서 실력 있는 애들 무대에 올려놓으면 제법 흥행할 것 같다."

"역시 성재 형입니다."

현일은 척하고 엄지를 올려 보였다.

"그래서 아이돌을 키우려는 거야?"

"네."

"결정하는 건 너니까 내가 운영에 대해서 왈가왈부할 입장은 아니지만, 혹시라도 우리를 실업자로 만들면 안 된다?"

안시혁의 농담에 현일의 입꼬리가 올라갔다.

"당연하죠."

이하연의 목소리로 재녹음된 '좌우'의 음원과 가사를 받은 맥시드.

가사가 적힌 A4용지엔 김수영, 김채린, 민유림, 한지윤의 파트가 잘 분배되어 있었다.

김채린은 현일이 레스토랑에서 한 말을 떠올렸다.

'내가 나중에 메일로 음원 보내줄 테니까 춤을 추면서 불러 봐.'

물론 그녀는 그 말이 무슨 뜻인지 궁금했다.

'한번 해보면 알 거야.'

그 말을 끝으로 현일은 더 이상 말해주지 않았다.

어쨌든 맥시드는 현일이 준 곡을 들으며 열심히 외웠다.

민유림이 입을 열었다.

"너희들 정말 의욕 충만하구나."

그녀의 눈에는 다른 세 명이 GCM으로 이적할 생각이 솟구치는 것 같아 보였다.

김채린이 그 말을 받았다.

"그러는 너도 열심히 따라 부르던데?"

"뭐… 어쨌든 우릴 위해서 만들어준 노래라고 하니까 성의라도 보여야지."

"흠, 그래?"

김채린의 눈매가 가늘어지자 민유림이 뜨끔했다.

그녀도 현일이 맥시드를 위해 직접 노래를 작곡해 주었다는 사실에 살짝 마음이 흔들렸기 때문이다.

노래라는 게 '작곡이나 하자' 하고서 순식간에 뚝딱 만들어지는 것도 아닌 데다 곡 자체가 상당히 괜찮았다.

그녀가 듣기엔 여느 아이돌 노래와 견주어도 손색이 없어 보였다.

그만큼 신중을 기해 만들었으리라는 생각이 드는 것도 당연지사.

분명 현일이 맥시드에게서 정말 된다는 확신이 들지 않았다면 못 해줄 일이었을 것이다.

노래까지 준비해 곧바로 무대에 올려주겠다는 기획사와 계속해서 데뷔를 미루는 기획사.

둘 중에서 어느 한쪽으로 마음이 기울어지는 것은 당연한 일이다.

얼마 후, 각자의 파트를 거의 다 외운 맥시드는 평소에 연습하던 춤과 함께 '좌우'를 부르기 시작했다.

다른 노래에 맞춰진 안무라서 춤과 노래가 안 맞긴 했지만 맥시드는 3분 남짓한 시간 동안 깜짝 놀랄 수밖에 없었다.

'별로 힘들지 않다!'

그녀들의 공통된 생각이다.

분명히 체력 트레이닝을 받지만 춤 한번 추고 나면 어느 정도 체력이 소진되게 마련인데 이 '좌우'는 상당히 안정적으로 부르는 게 가능했던 것이다.

'이거라면… 가능할지도 몰라.'

100% 라이브 공연을 펼치는 것은 댄스 가수의 로망과도 같은 것이다.

아이돌은 노래를 못한다는 편견을 마치 태권도 선수가 송장 격파하듯 시원하게 깨부술 수 있다면?

맥시드의 눈에서 반짝반짝 빛이 나고 있다.

물론 민유림 또한 예외는 아니었다.

비록 맥시드와 현일의 만남은 짧았지만 신뢰를 심어주기엔 충분한 시간이었다.

"그럼 한번… 가볼까?"

*　　　*　　　*

"어! 이 대리, 마침 잘됐다. 나가서 커피 좀 사와라."

"커피 기계는 회사 내에도 있지 않습니까?"

"야, 우리가 본 지 하루 이틀이냐? 나 그런 거 안 먹는 거 알잖아. 나가서 요 앞 커피숍 가서 하나 타와."

"…알겠습니다."

"근데 그거 뭐야?"

이 대리가 다른 신입 사원에게 커피 심부름을 떠넘겨야겠다고 생각하며 가던 발걸음을 계속하려 할 때 SH엔터테인먼트의 기획팀장이 이 대리가 들고 있는 서류를 가리키며 물었다.

"아, 이거요? 과장님께 받은 계약 서류랑… 뭐 그런 것들인데, 지금 있는 연습생 중 몇 명이 그만두겠다고 해서요. 부장님께 결재 올리러 가는 중입니다."

"뭐? 벌써 계약 기간 끝난 애들이 있어?"

"아뇨, 거의 끝나가곤 있는데 아직 남긴 남았어요."

"그래? 누구?"

"저번에 심사하신 그 애들 있잖아요. 보류 판정받은."

"아~ 민유림이랑… 기타 등등?"

"예."

"기껏 오디션 보고 힘들게 여기 들어와 놓고 왜 나가겠대?"

"그냥… 연습 생활만 몇 년에 데뷔는 안 되지, 후배들은 치고 올라오지, 부모님은 바가지 벅벅 긁어대지… 그런 흔하디흔한 이야기죠, 뭐."

기획팀장은 고개를 저었다.

"야, 야. 그런 걸로 괜히 부장님 귀찮게 하지 말고 알아서 처리해."

"예에? 그래도 괜찮겠습니까?"

"요즘 회사 분위기 알지? 그런 거 들고 가면 절대 좋은 소리

못 듣는다."

"……."

현재 SH에는 차가운 긴장감이 감돌고 있었다.

신입 사원부터 사장은 물론이요, 사내 전속 트레이너와 작사 및 작곡가, 편곡자, 엔지니어 등까지 바짝 신경이 곤두서 있는 상태였다.

"위약금 문제도 있을 텐데요."

"끝나간다며? 그리고 주구장창 연습 생활만 하고 있는 애들은 어차피 회사에서 신경 쓰지도 않아. 그러니까 그 세월을 연습생으로만 보내고 있지. 못 있겠다는 애들 계약으로 붙잡고 있어봐야 회사 이미지만 안 좋아진다고. 안 그래도 유……."

현재 SH에서 유 모 양의 이름은 암묵적인 금기어였는데 혹여나 누가 들었을까 팀장은 눈동자를 이리저리 굴려댔다.

이내 주위에 아무도 없음을 확인한 팀장은 내심 안도했다.

회사 내에 자신보다 높은 사람은 그리 많지 않지만 괜히 긁어 부스럼을 만들 필요는 없었다.

"큼! 크흠! 그거 이리 줘봐."

"옙."

기획팀장은 이 대리에게서 서류를 건네받고 빠르게 읽어 내려갔다.

"김수영, 김채린, 민유림, 한지윤… 이건 내가 알아서 할 테니까 빨리 가서 커피나 사와라."

"…알겠습니다."

그렇게 맥시드의 계약서를 넘겨받은 기획팀장은 종이 분쇄기 앞에 섰다.

'이런 애들 계속 데리고 있어봐야 자꾸 회사 헛돈만 쓰지. 쯧 쯧.'

그는 지체 없이 계약서를 분쇄기에 집어넣었다.

'나비효과'라는 말이 있다.

나비의 사소한 날갯짓이 지구 반대편에선 태풍을 불러일으 킬 수도 있다는 뜻이다.

과연 이 기획팀장의 사소하면서도 대담한 행동이 어떠한 파 장을 불러일으키게 될지는 아무도 모를 일이다.

*   *   *

"후우……."

민유림은 차분하게 심호흡을 했다.

그러니 홀가분한 기분이 들었다.

자신을 구속하던 곳에서 벗어났다는 안락함과 새로운 곳을 찾아 나설 때의 두근거림, 곧 무대 위에 올라설 수 있다는 미 래에 대한 기대감과 벅차오르는 희망이 맥시드를 들뜨게 만들 었다.

현일이 입을 열었다.

"너희들, 생각 정말 잘했다."

또다시 계약서와 대면한 맥시드.

김채린이 조심스럽게 물었다.

"우리 진짜로 곧 데뷔할 수 있는 거죠?"

"음, 무조건! 올해 안에는 생방송 프로그램에 출연시켜 줄게."

원래 맥시드는 이맘때쯤이면 데뷔를 한다.

본격적으로 마케팅을 하기도 전에 잠깐 길거리에서 공연하다가 찍힌 '직캠' 영상이 순식간에 화제가 된 후로 맥시드는 탄탄대로를 걷는다.

SH가 차린 밥상에 그냥 숟가락만 얹는 격이다.

이전 생에서 그녀들이 걸은 길을 그대로 따라가기만 하면 되는 것이다.

그야말로 완벽한(?) 전략이었다.

"흠, 못 믿겠는데요?"

김수영이 장난스럽게 말했지만 속에는 한 줌의 의심이 섞여 있었다.

물론 현일에겐 그런 기색을 감출 수 없었다.

"하하, 숙녀 분께서 속고만 사셨나? 어떻게 해야 믿으려나?"

"음, 올해 안이라고 보장하셨으니까 혹시 계약 기간을 올해까지로 해주실 수 있어요?"

"좋다. 하지만 왜지?"

현일의 대답은 일말의 망설임도 없이 튀어나왔다.

실실 웃으며 사람 좋은 인상을 짓던 현일의 얼굴이 자못 진지하게 변했다.

"이번이 아니면 안 되니까요. 만약 또 실패하면… 그땐 그냥 수험 공부라도 하려고요."

그녀의 말은 진심이기도 했지만 다른 의도 또한 숨어 있었다.

'요망한 꼬맹이군.'

연예인의 노예 계약 문제가 불거지는 이유는 다름이 아니다.

연예인이 인기를 얻으면 흥행 보증수표인 그를 다른 기획사에서 탐을 내는 것은 자연의 섭리와 같다.

한창 인기를 구가 중인 연예인의 계약 기간이 끝나게 되면 당연히 여러 기획사에서 서로서로 좋은 조건에 모셔가려고 혈안이 된다.

그 와중에 당사자의 몸값은 높아지게 되고, 기획사는 연예인에게 이전보다 유리한 조건을 제시하고 재계약을 하는 수밖에 없다.

물론 노예 계약은 절대로 정당한 것이 아니지만 어쨌든 이제 한 기획사의 사장인 현일은 그런 부당한 계약서를 들이미는 기획사의 심정이 약간 이해가 가기도 했다.

소속 연예인의 입장에선 정당한 권리요, 기획사의 입장에선 애써 키워줬더니 자신을 버리는 나쁜 놈인 셈.

그래도 GCM은 누구나 납득할 만한 조건을 달고 있었다.

한데 그럼에도 불구하고 김수영이 이적을 노리고 있음을 현일은 눈치챌 수 있었다.

자신의 열망을 채워줄 수만 있다면 어디라도 상관없는 모양이다.

'만약 가수로서의 미래가 시원찮으면 공부를 하겠다는 것까진 좋은데, 인기가 많으면 냅다 다른 회사로 도망가시겠다?'

그녀의 목소리에서 묻어나오는 여러 가지 복잡한 감정.

전과 17범 정도 되는 노련한 사기꾼이라면 모를까, 평범한 10대 소녀가 현일의 그래프 앞에서 그 감정을 숨기기란 힘들었다.

물론 현일 또한 나름 생각이 있었다.

현일은 차분히 생각을 정리하고는 짐짓 장난스러운 어조로 말했다.

"그래, 벌써부터 미래에 대한 대비가 잘되어 있는 점은 기특하다. 그런데 혹시라도 나중에 재계약 안 하겠다거나 조건을 바꿔 달라거나 그러면 좀 곤란해. 하하!"

김수영이 눈썹을 찡긋해 보였다.

"그럼요."

현일은 차례대로 네 명의 얼굴을 둘러보았다.

방금 전 김수영의 요구에 살짝 놀란 기색을 내비친 그녀들이지만 별다른 불만 사항은 없어 보였다.

'김수영… 어떻게 나올지 기대되는군.'

우여곡절 끝에 맥시드는 GCM엔터테인먼트의 정식 연습생이 되었다.

그것도 곧 데뷔를 앞둔 연습생.

연습실은 미리 시간을 정해놓고 이하연과 번갈아가며 같이 쓰게 되었지만 연습을 하기에는 충분한 시간이라 부담이 없었다.

그러나 문제는 다른 데에 있었다.

"트레이너가 없다고요?"

민유림이 눈을 크게 뜨며 놀라 소리쳤다.

"음."

현일은 아무렇지도 않게 고개를 끄덕였다.

"너희들, 이미 트레이닝 열심히 받았잖아. 몇 년 동안이나."

현일은 트레이너를 고용할 필요가 없다고 판단했다.

물론 언젠가 때가 되면 필요하겠지만 아직은 아니었다.

Make Me Famous와 이하연도 충분히 완성된 상태에서 데려온 뮤지션이고 맥시드 또한 마찬가지였기 때문이다.

"연기 트레이너는……."

"우린 음악으로만 승부한다."

약은 약사에게, 노래는 가수에게, 연기는 배우에게.

예능 프로그램이라면 몰라도 현일은 아이돌이 연기한다고 나섰다가 큰코다치는 경우를 심심찮게 봐왔기 때문에 선을 확실히 그어놓을 생각이다.

맥시드는 그것까진 좋았다.

연기 트레이닝을 안 받으면 그만큼 스케줄이 여유로워질 테니까.

그러나…….

"…안무가는요?"

"없어."

아이돌 그룹에게 없어서는 안 되는 사람 중 한 명인 안무가가 없단다.

무대 위에서 댄스음악을 춤 없이 멀뚱멀뚱 서서 노래만 부른다면 꽤나 우스운 꼴이 될 것이다. 맥시드는 순간 이곳에 온 것이 잘못된 선택은 아닐까 하는 회한이 밀려왔다.

"어째서죠?"

"가수라면 자신이 선보일 작품에서 춤이나 노래 중에 하나라도 직접 만들어보는 게 중요해. 너희들의 인기는 그저 소속사가 만들어준 게 아니라 '나에게 이런 재능이 있다'는 걸 대중에게 어필할 수 있거든."

과연 납득할 만한 설명이었는지 네 명은 그제야 고개를 끄덕였다.

그리고 그 순간 김수영의 눈빛이 잠시 달라진 것을 현일은 놓치지 않았다.

'입질을 하는군.'

사실 현일은 원래 안무가를 고용하려고 했으나 김수영의 반응을 이끌어내기 위해 의도적으로 계획을 바꾸었다. 계약을 할 때만 해도 긴가민가한 느낌이 없지 않았는데 이제 확신이 들었다.

한지윤이 입을 열었다.

"하, 하지만 우리… 아니, 제가 좋은 안무를 만들 수 있을까요?"

"물론 힘들지."

현일은 빙긋 웃으며 말을 이었다.

"그러니까 내가 도와줄 거다. 특별히 이번만큼은."

김채린은 무언가 생각하는 듯 눈을 감더니 이내 키득거리기 시작했다.

현일이 춤을 추는 모습을 상상하는 것 같았다.

그녀가 물었다.

"작곡가 아니었어요?"

"요즘 세상엔 한 가지 일로는 먹고살기가 힘들다고. 다 잘해야 해. 그렇다고 내가 춤을 교습해 준다는 이야기는 아냐. 어떻게 만들어갈지 조언 정도만 해주는 거야."

'좌우'에 사용되던 핵심적인 안무 몇 가지 정도는 현일의 기억에 남아 있었다.

그걸 토대로 조언하면 그리 어려운 일은 아닐 것이다.

"아……."

그러자 김채린은 다행이면서도 아쉽다는 감정이 섞인 탄식을 흘렸다.

현일의 춤사위를 은근히 기대한 모양이다.

"체력 트레이닝은 너희들이 하던 그대로 하면 돼. 주변 상가에 헬스장도 있으니까. 보컬 트레이닝은 김성재 엔지니어가 시간 맞춰서 봐줄 거야. 그 외에 다른 건 매니저 붙여서 스케줄 관리해 줄 거니까 게으름은 못 피운다?"

"네."

잠시 후, 현일의 지도 아래 맥시드는 안무를 만들기 시작했다.

사실 지도라고 할 것도 없었다.

노래를 들으면서 어떤 구간에선 이렇게, 다른 구간에선 저렇게 하라고 짚어주면 맥시드는 자기들끼리 상의해 가며 합을 맞추었다.

'오호라!'

현일은 새삼 놀라웠다.

현일이 그녀들이 춤추는 것을 지켜보고 있자 그래프가 나타났다.

노래가 아닌 그녀들의 춤사위에서 말이다.

정확하게 말하면 스텝을 밟았을 때, 쿵 하고 울리는 소리를 그래프가 나타내 주었다.

'이걸 이제야 알다니.'

스텝을 제대로, 정확하게 밟으면 그래프의 파형은 영롱한 푸른색을 그렸고, 잘못 밟으면 여지없이 붉은색 그래프가 그려졌다.

심지어 손가락 하나하나가 만들어내는 아주 미세한 소리의 파동까지 그래프는 정확하게 잡아내고 있었다.

'이건 마치 무슨 아이돌 육성 시뮬레이션 게임 시스템 같은데.'

그것이 자신의 초능력에 대한 현일의 평이었다.

그리고 맥시드 또한 신기한 것은 마찬가지였다.

현일의 도움 때문인지는 몰라도 희한하게 노래를 듣고 있자니 머릿속에서 영감이 마구 떠올랐다.

마치 자신이 마이클 잭슨이라도 되는 양 몸을 어떻게 움직여야 하는지, 발은 어디로 가고 손은 어느 공간을 휘저어야 하는지 자연스럽게 떠올랐다. 아니, 떠오르기도 전에 이미 몸이 움직이고 있었다.

자신에게 춤에 대한 천부적인 재능이라도 있다는 생각이 들 정도였다.

특히 김수영이 더 그랬다.

'후후후, 대중에게 재능을 어필해야 한다고 했지?'

속으로 의미심장한 미소를 짓는 그녀였지만 실상은 현일의 떡밥을 하나둘 물고 있다고는 꿈에도 생각하지 못한 모양이다.

그녀들이 댄스의 천재가 된 듯한 이유는 다름이 아니었다.

마력이 담긴 현일의 노래 덕분이었다.

"지윤아, 그게 아니잖아."

"네?"

"이렇게 해봐, 이렇게."

"이, 이렇게요?"

"그래."

어쨌든 그렇게 그래프를 적극 이용해 작곡한 노래로 안무를 짜면서 맥시드가 춤을 실수하거나 안무를 잘못 짤 때면 현일이 실시간 그래프로 교정을 봐주어 나가면서 시너지 효과를 십분 발휘했다.

비로소 '좌우'는 순조롭게 차곡차곡 완성되어 가고 있었다.

얼마 후, 춤이 완성되고 리허설을 마친 맥시드에게 현일이 말했다.

"곧 공연할 수 있겠다."

"어디요? 스케줄이 잡힌 건가요?"

아직 인기도 뭣도 없는 그저 연습생일 뿐인 그녀들.

심지어 뮤직비디오는커녕 음원과 춤만 거의 완성되어 있는
상태였다.

그런데 공연을 하겠다니?

그러나 더욱 가관인 것은 현일의 대답이었다.

"아니."

"……?"

＊　　　　＊　　　　＊

경기도 파주시의 한마음 축제.

현일의 기억에 의하면 맥시드는 여기서의 공연이 바야흐로
신의 한 수였다.

원인은 어느 한 팬의 직캠.

그 영상이 유튜브에 업로드 되고 맥시드의 인기와 음원 차트
는 미친 듯이 역주행을 시작하게 된다.

"맥시드요? 들어본 적 없습니다만……."

"Make Me Famous와 이하연은 들어보셨죠?"

"아유, 그럼요."

"같은 소속사 출신입니다."

"음, 아무리 그래도 그건 좀……."

잠시 공연 기획자와 작은 언쟁에 휘말린 현일.

역시나 뮤직 홀릭의 매니저처럼 갖은 평계를 대며 현일의 요

청을 거절했다.

그 와중에 기획자의 전화기가 울려댔다.

"아, 잠시만 실례하겠습니다. 꼭 받아야 하는 전화라서요."

"물론입니다."

전화를 받은 기획자는 수화기 너머로 들려오는 목소리에 연신 '예', '알겠습니다'를 반복하며 현일의 눈치를 슬쩍슬쩍 봤다.

'기막힌 타이밍이군.'

이내 통화를 마친 기획자가 입을 열었다.

"송정우 선배님의 친구 분이셨군요. 반갑습니다."

송정우 프로듀서.

예전 Make Me Famous의 일로 그린플러그드 페스티벌에서 일면식이 있는 인물이다.

이 바닥이 좁긴 좁은가 보다.

'아니면 송정우 프로듀서가 발이 넓든가.'

인맥이니 줄이니 뭐니 해도 확실히 그걸 가진 입장에선 여러 가지 일이 편해지는 게 사실.

그러니 있다면 적극 활용해 주는 것이 인지상정이다.

현일은 그에게 슬며시 미소를 지어주며 손을 내밀었다.

그러자 기획자가 현일의 손을 마주 잡았다.

공연 기획자와의 작은 갈등을 송정우 프로듀서의 전화 한 통으로 간단하게 해결하고 기어코 맥시드는 한마음 음악회에 출연하게 되었다.

공연 당일.

현일은 미리 관객 중 네 명을 일일 알바로 고용해 캠코더를 주고 맥시드의 멤버 한 명 한 명을 집중적으로 찍도록 지시해 놓았다.

이전 생에서는 한 명의 영상만 인터넷에 올라갔지만 다다익선이다.

현일은 첫 공연이라는 사실에 잔뜩 긴장하고 있는 한지윤에게 다가갔다.

"이번 공연이 처음인데 잘할 수 있지?"

"많이 떨려요."

성격이 많이 내성적이고 유순해 어린 양 같은 한지윤이지만 필요할 땐 확실히 보여주는 그녀이다.

이전 생에서 1년 동안 조회 수가 2천만이 넘은 직캠 영상의 주인공이 바로 다름 아닌 한지윤이었다.

그러니 이번에도 충분히 해낼 수 있으리라 믿어 의심치 않았다.

그저 현일의 역할은 그녀의 긴장을 풀어주는 것뿐.

"연습 때처럼만 하면 될 거야."

"잘할 수 있을까요?"

"그럼 못하려고?"

"네? 제, 제 말은 그게 아니라⋯⋯."

"하하, 농담이야. 분명 멋지게 해낼 거야."

현일은 그렇게 말하며 한지윤의 어깨를 두드려 주었다.

그러자 현일의 손길에 그녀가 움찔하는 것이 느껴졌다.

"긴장 풀고, 이제 가봐. 곧 시작하겠다."

"네."

그리고 약 30분이 지나자 공연이 시작되었고, 곧 맥시드의 차례가 왔다.

무대 진행자의 신인 아이돌 그룹이라는 말에 몇몇 관객들은 눈을 번쩍 뜬 채 출연자를 기대했지만 이내 '맥시드'라는 생소한 이름에 아쉬움을 토해냈다.

하지만 나타나는 네 명의 수려한 외모에 또다시 관객들의 눈이 번쩍 뜨였다.

그러자 관객석으로부터 터져 나오는 환호!

―떠오르는 신인 걸그룹 맥시드의 '좌우'! 두 눈 번쩍 뜨고 이들의 화려한 100% 라이브 무대를 감상하시죠!

이윽고 진행자의 간단한 멘트와 함께 본격적으로 맥시드의 무대가 시작되었다.

'100% 라이브 무대'는 미리 현일이 진행자에게 언질을 준 것이다.

현일은 콜라 한 캔을 따고 맥시드를 모니터링했다.

"좌, 우, 좌, 좌, 우⋯⋯."

노래의 가사와 리듬에 맞춰 움직이는 열렬한 춤사위.

머리부터 발끝까지 스텝, 손동작, 골반의 튕김(?), 흩날리는 머리카락까지 한 장면도 놓치지 않았다.

심지어 네 명의 춤사위에서 그려지는 각자의 그래프 네 개와 스피커에서 출력되는 MR의 그래프, 그리고 그 다섯 개의 그래프가 어우러져 통합된 하나의 그래프까지 총 여섯 개의 그래프를 관찰하기 위해 현일의 눈은 쉴 새 없이 움직였다.

리더인 민유림, 음모를 꾸미는 김수영, 당돌한 김채린, 수줍음 많은 한지윤.

3분 남짓한 시간 동안 그녀들의 춤은 단 한 번의 실수도 없이 마치 인공지능 로봇처럼 누구도 조금이라도 늦거나 빠른 동작 없이 합이 딱딱 맞아들어 갔다.

관객들은 계속해서 감탄사를 연발했다.

공통 안무에서 각자가 발을 뻗는 간격과 손을 들어 올리는 각도는 마치 자로 잰 듯이 정확했고, 개별 안무는 각자의 개성과 매력을 충실히 어필했다.

사실 이곳에 있는 사람들 중에서 가장 놀라고 있는 사람은 다름 아닌 맥시드 본인들이었다.

노래를 처음 받고 연습을 할 때부터 그랬다.

어떤 안무가 좋을지, 어떤 제스처를 취해야 사람들이 호응해 줄지 직감적으로 와 닿았으며 안무를 잊어버리는 일조차도 거의 없었다.

그저 순수하게 감탄할 따름이었다.

그런 그녀들의 얼굴에 자연스럽게 미소가 그려졌다.

얼마 후, 맥시드가 공연을 성공적으로 끝마치고 저들끼리 수다를 떨어대는 도중에 한지윤이 무리에서 빠져나와 현일에게 다가왔다.

그녀는 수줍은 미소를 지으며 물었다.

"우리 어땠어요?"

"아주 좋았어."

"휴, 다행이에요. 저 끝나자마자 엄청 떨렸거든요. 혹시 틀린 게 있으면 어쩌나 하고……"

"아냐. 전혀 그러지 않았어. 오히려 네가 제일 잘하던데?"

"정말로요?"

"음. 네가 단연 최고였어."

현일은 엄지를 착 올려 보이며 말했다.

그러자 그녀는 두 손을 깍지 끼며 눈웃음을 지었다.

아까 전 무대 위에서 살짝살짝 보여준 그 얼굴.

어쩌면 그 무기가 조회 수 2천만의 비결일지도 모르겠다고 현일은 생각했다.

"내가 그렇게 말했다고 말하면 안 된다? 비밀로 간직해야 돼."

"네."

"유림이는 어딨어?"

"화장실 갔을 걸요?"

"그럼 채린이 좀 불러와 줘."

그러자 한지윤은 고개를 끄덕이고는 종종걸음으로 김채린에게 다가가 그녀의 어깨를 툭툭 건드렸다.

둘은 무언가 말을 주고받더니 이내 김채린이 현일에게 다가왔다.

"부르셨다구요?"

"오늘 공연 어땠어?"

"반응이 기대 이상이던데요?"

"혹시 기대치가 상당히 낮았다거나 그런 건 아니고? 하하!"

"에이, 아니에요. 그러는 작곡가님 생각은요?"

"나? 난 사실 네가 제일… 음, 아니다."

"네? 제가 제일 뭐요?"

"아무것도 아냐."

현일은 고개를 흔들었다.

"제가 뭘 어쨌는데요?"

김채린이 싱겁게 나오는 현일의 팔을 붙잡고 늘어지자 현일이 마지못해 알려주는 척하며 입을 열었다.

"그럼 절대로 아무한테도 말하면……"

"말 안 할게요."

"그러니까… 사실 네가 넷 중에 가장 최고였어."

"아~"

게슴츠레한 눈으로 현일을 쳐다보며 팔짱을 낀 채 연신 고개를 끄덕이는 김채린.

"…왜 그래?"

"아무것도 아니에요."

그에 현일은 손을 휘휘 저으며 말했다.

"그럼 수영이나 불러와 봐."

화장실 세면대 앞에서 거울을 보고 있는 민유림에게 누군가 다가왔다.

"세상 참 좁다? 이런 데서 다 만나고."

귀에 익은 목소리에 고개를 핵 돌린 민유림이 마주한 얼굴 또한 낯이 익었다.

목과 얼굴의 피부색이 다를 정도로 진한 화장을 하고 있는 그녀의 얼굴은 보고 있는 것만으로도 화장품 냄새가 진동하는 것만 같았다.

"김인선?"

SH엔터테인먼트 내 어른들의 복잡한 사정으로 인하여 계획보다 훨씬 빠르게 데뷔가 예정된 그룹 '걸스라인'의 리더인 김인선이었다.

지금은 '이화'라는 예명을 쓰고 있지만 그거야 아무래도 좋을 이야기고, 그녀가 여기 있게 된 연유는 데뷔 전 진짜 무대에 올려 실전 감각을 키우게 하려는 SH의 방침에 따라 한마음 축제에서 공연을 하기 위함이었다.

걸스라인의 공연은 후반부에 배정되어 있기에 심심한 참이었는데 마침 맥시드가 이곳에 있다는 걸 알게 되어 민유림을 찾아온 것이다.

"오랜만인데도 용케 알아보네? 의외로 기억력 좋다, 너?"

"그러게 말이야. 사실 나도 놀랐어. 그렇게 화장으로 떡칠하고 아예 딴사람이 됐는데도 알아보다니 말이야."

"뭐, 뭐야?!"

팔짱을 풀며 김인선이 발끈했다.

"귀먹었어? 한 번 더 말해줄까?"

"흥! 됐어. 너 같은 애랑 말 섞으니까 내 수준까지 떨어지는 것 같아."

"웃기네. 지가 먼저 와서 시비 걸어놓고는."

"말 다 했어?!"

"다 했으면 어쩔 건데? 왜? 더해줘?"

"이게 진짜 아까부터 언니한테 말하는 꼬라지가……."

"아~ 그러세요? 늙어서 차암~ 좋으시겠어요."

"이런 씨……."

올라가려던 김인선의 손이 누군가의 음성에 멈추었다.

"얼마나 눌러앉아 있을 거야? 변비라도 걸……."

"채린아……."

"김인선? 네가 왜 여기에?"

"이것들이 진짜 계속 언니한테 반말 찍찍 하네?"

"듣기 싫다. 유림아, 가자!"

"어, 응."

김채린이 민유림의 손을 잡아끌며 밖으로 나왔다.

김인선은 인상을 잔뜩 찌푸린 채 그 모습을 바라보았다.

"두고 보자."

김수영에게도 역시 같은 약속과 같은 말을 건넨 후 현일과 맥시드는 회사로 돌아갔다.

한 명 한 명에게 모두 제일 최고였다고 한 것은 괜히 한 말이 아니었다.

실제로 모두 각자 맡은 바 역할을 훌륭하게 해냈다.

모두가 1등이라고 할 만했다.

김수영에게 최고라고 했을 때는 어깨까지 내려오는 머리카락을 찰랑 뒤로 넘기며 콧대를 높였다.

딱 예상한 대로의 반응이었다.

그러나 민유림에게는 그러지 않았다.

눈치가 빠른 그녀라면 다른 멤버에게도 똑같은 말을 했다는 것을 알아차릴지도 모른다.

어쨌든 그로부터 일주일 후 맥시드에게 아주 많은 변화가 찾아왔다.

유튜브에 업로드한 영상은 벌써 조회 수가 네 개 합쳐 100만에 다다랐다.

이 속도라면 단순 계산으로 10주 안에 조회 수 1천만이 가능하겠지만 원래 상승폭은 SNS나 언론을 통해 알려지면서 어느 순간 치솟다가 점점 줄어든다.

이전 생의 조회 수를 복구하려면 시간이 좀 걸릴 것이다.

그리고 사실 그때보다 총합 조회 수는 높지만 개별 조회 수는 그보다 낮았다.

여러 개인 만큼 분산되는 것도 당연한 일이다.

그래도 한 명만 반짝 뜨는 것보단 골고루 인기를 얻는 게 차라리 나았다.

혼자서 인기가 많아지면 그 한 명에게만 광고나 방송 섭외 요청이 들어올 것이고, 그렇게 되면 사람인 이상 알게 모르게 질투심이 생기게 마련이니까.

그리고 계속해서 여러 매체를 통해 맥시드가 알려지기 시작하자 아니나 다를까, 눈치 빠른 기자들은 이 맥시드라는 신인 그룹에 대한 기사를 올렸고, 몇몇 방송국의 발 빠른 PD들은 맥시드를 주목하기 시작했다.

그녀들의 팬카페 또한 빠르게 만들어졌다.

물론 카페의 매니저는 현일이었다.

'이런 것도 수입이 된단 말이지.'

아닌 게 아니라 나중에 맥시드가 뜨고 팬카페가 본격적으로 활성화되면 여러 곳에서 배너 광고 문의도 들어오고, 카페로 인한 마케팅으로 2차적인 수입 또한 발생한다.

그런 기회를 어디 사는지도 모르는 네티즌에게 홀라당 넘겨줄 수는 없는 일.

제목: 맥시드의 '좌우' 직캠 영상입니다~

동영상 우측 하단에 유튜브 로고 누르시고 원본 링크 들어가면 전체 화면으로 보실 수 있으니 웬만하면 원본 링크로 들어가서 봅시다~

그래야 제가 광고 수입을……

─가운데 멤버 얼굴에 김 묻은 거 같은데요? 못생김 ㅋㅋㅋㅋㅋㅋ

─위 댓글, 거울 보고 오시길 ^^

─와우, 춤이 ㅗㅜㅑ~

…….

며칠 전 올려놓은 글의 댓글을 확인했다.

수십 개의 댓글 중 몇몇 악플을 가볍게 삭제하고 해당 회원을 탈퇴시킨 현일은 자리에서 일어나 병원으로 향했다.

요즘 영서는 예전에 비해 상태가 많이 좋아진 모습이었다.

환자복을 입은 채 손목에 포도당 주삿바늘을 꽂고 병원에 있다 뿐이지 정상인과 다름없는 안색이었다.

"요즘 좀 어때?"

"괜찮아."

"필요한 건 없어?"

"먹고 싶은 건 있지. 근데 간호사들이 못 먹게 해."

현일이 피식 웃었다.

"그래도 견딜 만은 해. 간장에 찍어먹는 죽도 맛있고. 맨날 병원에 있어서 지루한 것만 빼면."

"곧 퇴원할 수 있다면서?"

"아마도."

현재 영서는 글리벡만 꾸준히 복용하면 정상적인 생활을 영위할 수 있겠다는 의사의 진단을 받았기에 조만간 퇴원할 수 있을 터였다.

"몸은 많이 나아진 것 같아?"

"응, 의사 말로는 회복이 빠른 것 같대."

"잘됐네. 그런데 그 노래, 요즘도 계속 듣고 있는 거야?"

"MMF랑 하연이 같이 부른 그거?"

"어."

"매일 듣지."

현일은 문득 팀 3D와 고깃집에서 함께 있을 때 고깃집 사장님이 한 말이 떠올랐다.

과연 자신의 노래에 환자들의 중상을 호전시켜 주는 효과가 있을지 궁금해진 것이다.

"너 노래 잘 안 듣지 않아?"

"하연이가 부른 거니까."

"그냥 그거?"

현일의 말에 영서는 무언가를 생각하는 듯 묘한 표정을 짓더니 입을 열었다.

"실없는 소리 같아서 말 안 하려고 했는데 왠지 그 노래를 듣고 있으면……."

"듣고 있으면?"

"뭐라고 해야 되지? 음, 마치 암세포가 죽는 기분이야."

"그래?"

"그래도 결국은 약 덕분이겠지. 뭐, 플라시보 효과일 수도 있고."

현일은 고개를 끄덕였다.

영서의 애매한 답변에도 불구하고 이젠 정말 확신이 섰다.

고깃집에서는 반신반의하면서도 그저 웃고 말았다.

그때 그 사장님이야 건너 들은 이야기일 뿐이지만 영서는 이유 없이 헛소리를 할 사람도 아니고 무엇보다 당사자가 아닌가.

현일의 음악이 조금일지언정 영서의 몸에 변화를 일으키고 있다는 건 확실했다.

맥시드의 유튜브 조회 수가 총합 1,500만 가까이 다다른 날.

SH엔터테인먼트에서는 또다시 한바탕 소란이 일어났다.

"야아아아아아아아!!"

다름 아닌 SH의 사장 이성호였다.

그의 사자후에 비서는 몸을 움츠렸다.

"도대체 이게 어떻게 된 일이야?!"

그렇게 말하며 이성호가 테이블을 내려쳤다.

이성호 또한 맥시드의 소식을 들었고, 유튜브에서 그녀들의 공연을 보았다.

심지어 얼마 전에는 걸스라인과 같은 무대를 같은 날에 섰던 것이다.

참으로 어처구니가 없었다.

비서는 침을 꿀꺽 삼키고는 입을 열었다.

"그, 그게… 저도 잘 모르겠습니다."

"왜?! 어째서 그 애들이 GCM엔터테인먼트에 가 있는 거냐고?!"

"…모르겠습니다."

이성호에게 기껏 키워놓은 연습생이 다른 회사로 도망가는 것은 문제가 아니었다.

SH에 들어오고 싶어 하는 연예인 지망생은 차고 넘쳤으니까.

그가 이토록 열불을 내는 이유는 하필이면 안 그래도 데뷔시키려고 생각한 후보가 다른 회사에 가서 승승장구하니 열 받지 않을 수가 없던 것이다.

"계약은? 이건 이중 계약이야! 계약 위반이라고!"

"그게… 우리 쪽과는 계약이 파기된 것 같습니다."

"뭐?"

"이미 맥시드에게 연락을 취해봤습니다만 '계약 끝난 지가 언젠데 이제 와서 따지냐'고 오히려 화를 냈답니다."

"그게 말이 돼?"

"……."

연예 기획사의 계약 기간은 길고 특히 SH는 대상이 연습생이라 할지라도 그런 경향이 더했다.

아무리 세월이 눈 깜짝할 새에 지나간다고 하지만 맥시드와 비슷한 시기에 들어온 다른 연습생은 아직 회사에 있는 상태였다.

한데 계약이 끝났다고 하니 기가 막히는 것이다.

"우리가 그 애들이랑 계약을 짧게 했나?"

"그럴 수도 있습니다."

사실 비서는 어느 정도 사건의 전말을 눈치채고 있었다.

가수 기획팀의 박 팀장과 술을 마실 때 얼핏 들은 것이다.

그리고 비서는 그 사실을 입 밖에 내지 않길 잘했다고 생각했다.

그걸 뱉었다면 그걸 왜 진작 보고하지 않은 거냐면서 이성호의 화살이 자신에게 꽂혔을 테니까.

"인사부 부장… 아니, 됐다. 내가 직접 내려간다."

"예."

이성호는 엘리베이터의 버튼을 다다닥 연속해서 두드리더니 올라오는 걸 기다리는 시간조차 아깝다는 듯 계단으로 뛰어내려갔다.

인사부 사무실의 문을 벌컥 열어젖히며 이성호가 등장하자 모든 직원이 벌떡 일어서더니 고개를 숙이며 인사했다.

"안녕하십니까, 사장님?"

"사장님, 좋은 아침입니다."

회사가 잘될 때면 '참 인사성이 밝은 친구들이야. 인사부 직원들이라 그런가? 하하하!' 하는 이성호의 강렬한 한파와도 같은 개그에 '으하하하하!' 하며 영혼 없는 웃음을 터뜨렸을 직원들이지만 오늘은 사장의 표정이 심상치 않았다.

적막한 분위기가 내려앉고, 사무실 내 모든 직원이 숨죽인 채 상황을 지켜보았다.

"하던 일들 해."

이성호가 손을 휘휘 저으며 말했다.

그제야 직원들은 자리에 앉아 서류와 모니터에 집중하기 시작했다.

그들은 그렇게 하기 싫던 일이 지금은 어째선지 너무나도 집중이 잘되었다.

그러나 굳은 얼굴로 다가오는 이성호를 바라보는 인사부 부장은 죽을 맛이었다.

대체 자신이 무슨 짓을 한 것일까?

부장은 곰곰이 자신의 기억을 되짚어봤지만 딱히 떠오르는 게 없었다.

어느새 다가온 이성호가 입을 열었다.

"자네는 인사부 부장이라는 직책을 달고서 인사관리를 도대체 어떻게 하는 건가?"

"……."

부장은 어떻게 처신해야 할지 도무지 갈피를 잡을 수가 없었다.

이성호 사장이 왜 이러는지도 모르겠고, 부장이라는 자신의 체면을 위해서라도 따로 불러서 꾸짖어야 할 텐데 영문도 모르는 자신에게 부하 직원들 앞에서 이러니 그저 억울할 따름이다.

"회사가 장난이야? 어?!"

"…죄송합니다."

"직권이 있기로서니 마음대로 계약하고, 해약하고. 부장이라는 직책에 앉아 있으면 그에 따른 책임감이 있어야 할 것 아닌가!"

그 말에 저 한편에 앉아 있는 박 팀장의 얼굴이 새하얘졌다.

'난 죽었다.'

이성호 사장이 무슨 말을 하는지 대충 짐작이 갔기 때문에,

아니, 자신 때문에 이렇게 됐다는 것을 확실히 알고 있기에 식은땀을 뻘뻘 흘렸다.

'내가 쓸데없이 오지랖을 부려서……'

그때 이 대리를 만나지 않았더라면, 차라리 맥시드가 폭삭 망했더라면 그저 웃어 넘겼을 일이 이렇게까지 돼버린 것이다.

"예, 제가 본분을 다하지 못한 것 같습니다. 뭐라 드릴 말씀이 없습니다."

부장이야 어찌 된 일인지는 몰라도 사장이 저렇게 성화를 부리니 어쨌든 일단 허리를 굽혀야 하는 입장.

"인사부가 애들 하나 관리 못해서 누구는 표절 곡이나 써대고! 미래가 창창한 연습생을 다른 회사에 죄다 뺏겨 버리고! 아주 잘하는 짓이다!"

적막한 일대에 다시 한 번 더 큰 침묵이 내려앉았다.

부장은 거의 울상이 되었다,

그도 할 말은 있었다.

곡 쓰는 게 자기도 아니고 무엇보다 표절 곡은 이성호 사장 자신의 이름으로 등재된 것이 아닌가.

그러나 그걸 내뱉을 수는 없었다.

하지만 누구보다 초조한 것은 기획팀장이었다.

무협지 속의 일급 살수처럼 쥐도 새도 모르게 당장 회사를 빠져나가고 싶었다.

벌써 엉덩이가 들썩거리기 시작했다.

이미 등살은 식은땀으로 축축해졌고 펜을 쥔 손은 벌벌 떨렸다.

사장의 갈굼이 끝나면 다음은 자신이 부장에게 조용히 끌려갈 테니까.

그리고 얼마 후, 이성호의 잔소리가 끝나고 부장이 기획팀장을 불렀다.

부장의 압박에 기획팀장은 자초지종을 늘어놓았다.

기획팀장은 그러면서도 속으로는 어쩌면 이번 일로 자신은 정말 모가지가 날아갈지도 모른다고 생각했다.

결국 기획팀장의 생각이 맞았다.

한편, 같은 시각.

누군가는 울고 있을 때 맥시드의 얼굴엔 함박웃음이 지어졌다.

물밀듯이 밀려오는 방송 캐스팅 전화와 여기저기에서 친히 '좌우'의 뮤직비디오를 제작하고 싶다는 요청이 들어오는 중이었다.

―GCM엔터테인먼트의 사장님이시죠?

"예."

―맥시드의 공연, 아주 인상적으로 봤습니다. 멤버들의 미소, 눈빛, 그리고 아찔한 댄스까지 정말 완벽한 삼위일체였습

니다. 물론 노래는 말할 필요도 없고요… 일단 본론으로 들어가서, 우리 로열엔터테인먼트는 근 몇 년간 자사 소속의 가수뿐만 아니라 'BOB', '퍼스트', '이사에', '어른미' 등등 여러 유명 가수의 뮤직비디오를 고품질의 퀄리티로 제작해 주는 것으로 유명합니다. 언제 한번 시간 되시면 직접 만나 뵙고…….

이와 같은 전화들 말이다.

'고품질의 퀄리티라니… 역전 앞 같은 표현인가?'

어쨌든 확실히 로열엔터테인먼트는 뮤직비디오 잘 찍어주기로 유명하긴 하다.

최근에 로열 더 케이(Royal The K)로 이름을 바꾼 이 회사는 나름 메이저 기획사이고, 구독자 수도 만만치 않아 조회 수도 많이 나오기에 군소 연예 기획사나 매니지먼트에서 자주 이곳에 의뢰를 맡기곤 했다.

현일은 예전의 기억을 쥐어짜 대략적인 뮤비의 콘셉트를 지정해 줄까도 생각했지만 고개를 저었다.

로열 더 케이라면 분명히 알아서 만족할 만한 뮤비를 찍어줄 것이다.

'그러고 보니 아직 우리 회사에 없는 게 많군.'

희한한 것이 MMF나 이하연도 꽤 떴고 곡도 있는데 뮤비가 하나도 없었다.

물론 현일에겐 뮤비가 없는 것이 문제가 아니라 뮤비 기획팀이 없는 것이 아쉬웠다.

그러나 천 리 길도 한 걸음부터이다.

지금이야 다른 기획사에 외주를 맡기지만, 나중에는 스스로 하면 된다.

나중에 한준석 사장과 이 문제를 의논해 봐야겠다고 생각한 현일은 수화기 너머의 상대와 미팅 약속을 잡았다.

"반갑습니다. 로열 더 케이 뮤비 기획팀의 김승수입니다."

"작곡가 최현일입니다. 이쪽은 아시다시피 맥시드의 민유림이고요. 리더를 맡고 있습니다."

"아, 예. 반갑습니다."

"안녕하세요."

맥시드의 민유림을 데리고 로열 더 케이의 뮤비 제작자와 만난 현일은 서로 악수를 나누었다.

현일은 맥시드 본인들의 의향으로 뮤비 제작을 의뢰할 회사를 선정하게 해줄 생각이다.

그래도 네 명 다 끌고 오기는 좀 뭐해서 일단은 민유림만 데려온 것이다.

좌우지간 그녀는 맥시드의 리더이니 그룹 내에서 이 정도 권리는 있을 터이다.

"그럼 커피라도 한잔하시죠? 제가 사겠습니다."

"감사합니다."

셋은 인근 커피숍에 들어가 자리에 앉았다.

"전 아이스티로 하겠습니다."

"네, 그럼 저도 같은 걸로 하죠."

"저도 아이스티요, 복숭아 맛으로."

현일이 먼저 아이스티를 주문하자 셋 모두 같은 것으로 주문했다.

지금은 커피가 별로 마시고 싶지 않아서였다.

카페 안에서 몇 마디 이야기를 나눈 후 셋은 자리에서 일어났다.

백문이 불여일견이라는 말이 있듯이 이야기만 듣고 있는 것보단 직접 가서 보는 게 낫겠다는 판단에서였다.

제작자의 입에서야 그쪽의 여러 가지 포장하는 말을 내뱉지만 이런 이야기는 아무리 듣고 있어봐야 딱히 남는 게 없다.

대충 구독자 수나 조회 수 등등 전화상으로 미리 들은 말이고 현일 또한 잘 알고 있는 내용이다.

계약 조건이 좋은지 안 좋은지는 직접 가서 세트장도 보고 뮤비를 촬영한 후 마케팅을 얼마나 잘 해줄지는 보면 알 일이다.

만약 사후 관리가 섭섭하면?

그때부터는 두 번 다시 로열 더 케이를 안 보면 된다.

그리고 그때 땅을 치며 후회하게 되는 것은 로열 더 케이 쪽

일 것이다.

그렇게 안 되면 되게 만든다.

'그런 일은 서로에게 없었으면 좋겠지만 말이야.'

이들과 좋은 관계를 형성해서 나쁠 것은 전혀 없었다.

로열 더 케이의 뮤비 촬영 세트장.

김승수가 주변을 둘러보라는 듯 손짓하며 자신감이 가득한 표정으로 환하게 웃으며 입을 열었다.

"어떻습니까? 마음에 드시나요?"

현일은 고개를 끄덕였다.

제법 잘 갖춰져 있었다.

아직 별다른 촬영이 없는 탓에 사람과 장비가 그다지 없어 공간은 한적했지만 조명이나 고가의 카메라, 세트 장비와 같은 기본적인 것은 어느 정도 구비되어 있었다.

점점 진짜 가수가 된 듯한 기분에 고양감이 드는지 민유림이 들떠 입을 열었다.

"실외 촬영 같은 것도 있나요?"

"당연하죠. 그뿐만 아니라 원하신다면 해외 촬영도 지원해 드리겠습니다."

민유림이 눈을 동그랗게 뜨고 되물었다.

"해외 촬영이요?"

"예."

그에 민유림이 눈을 반짝 빛내자 김승수는 회심의 미소를 지었다.

이 나이 또래에는 외국에 나가본 경험이 없는 경우가 많기 때문에 외국이라 하면 환상을 가지게 마련이다.

"외국이라면 어디요?"

"글쎄요… 그쪽이 걸그룹이기도 하고 마침 지금이 여름 시즌이니 보기만 해도 시원함을 느낄 수 있는 해변이 있는 몰디브나 하와이 쪽이 좋겠죠. 여기서 몇 장면 찍어두면 어느 정도 분량이 확보될 테니 외국 가서 또 몇 장면 촬영하시고 남은 시간… 한 일주일 동안 발 쭈욱 펴고 편하게 휴가를 즐기시면 됩니다."

"정말이요?"

"정말입니다."

현일이 끼어들었다.

"비쌀 텐데요."

"하하하, 걱정 마십쇼. 비용은 저희가 전부 부담할 겁니다. 앞으로 든든한 고객님이 되실 텐데 이 정도 서비스는 해드려야 하지 않겠습니까? 게다가 작곡가님도 잘 아시겠지만 아이돌 그룹은 일단 초반에 빵 터뜨리는 게 중요합니다. 아직 젊고 미래가 창창할 때 팬덤을 형성해 놔야죠."

현일은 고개를 끄덕였다.

확실히 일리가 있는 말이었다.

보통 우리나라 아이돌 그룹이 뮤직비디오 한 편을 찍는 데 필요한 돈은 대략 5,000만 원에서 비싸면 1억 원 정도이다.

한 곡당 몇 번의 의상, 헤어, 메이크업, 백그라운드 등등을 바꿔가면서 촬영하는 데 약 하루 정도의 시간이 소요된다.

하물며 해외 촬영은 말할 것도 없다.

상기의 제작비에 더해 당장 비행기 값도 있는 데다 호텔, 수영장 등등 대여비만 해도 만만치 않은 돈이 깨질 것이다.

한데 전액을 로열 더 케이가 부담한다고 한다.

원래 로열 더 케이가 이 정도의 서비스를 해주는 건지, 맥시드에게만 해주는 건지는 알 수 없었다.

현일이 SH에 있을 때 그런 데에 관심이 없기도 했고, 무엇보다 SH는 자체적으로 뮤비 제작팀을 가지고 있었다.

현일이 그렇게 상념에 젖어 있을 때 김승수가 한 술 더 떴다.

"작곡가님은 특별히 일등석으로 모시겠습니다."

"저도 가야 하는 겁니까?"

현일의 물음에 김승수가 어깨를 으쓱해 보였다.

"원하신다면요."

현일은 턱을 짚으며 곰곰이 생각했다.

자신은 이제까지 비행기라곤 고등학교 때 수학여행으로 제주도 갈 때 타본 게 전부이고 외국에 나가본 적은 전무했기에 한 번 가보고 싶은 마음도 있었다.

다만 걱정되는 것은 자신이 자리를 비움으로써 MMF와 이하

연의 앨범 수록 곡을 만드는 데 문제가 생기지 않을까 하는 점
이다.

하지만 한편으로 그 문제는 그리 걱정되지 않기도 했다.

'팀 3D가 있으니까.'

그들은 엔지니어이면서도 현일이 자리를 비웠을 때 작곡가로
서의 역할을 믿고 맡길 수 있는 팀이기도 했다.

현일은 이내 머릿속을 비우고 민유림을 보며 입을 열었다.

"넌 가고 싶지?"

"네, 당연하죠!"

김승수가 그 모습을 보며 어느새 계약서와 펜을 꺼내 현일의
면전 앞에 내밀며 말했다.

"저희랑 하시죠. 이 정도 조건에 이렇게 해주는 곳은 어딜 가
도 없습니다. 그거 하나만은 분명하게 말씀드릴 수 있습니다.
작곡가님, 한번 읽어보시죠."

현일은 그것을 받아 들고 찬찬히 읽어 내려갔다.

썩 괜찮은 조건이다.

"MMF와 이하연 씨의 뮤비까지 같이 계약하셔도 좋습니
다."

그러나 이 자리에서 결정할 필요는 없었다.

"생각해 보고 나중에 다시 연락드리겠습니다."

현일은 계약서를 다 읽고 그대로 김승수에게 돌려주었다.

"아, 예. 그러시죠. 꼭 지금 결정하실 필요는 없습니다. 돌

아가서서 찬찬히 생각해 보세요. 그럼 연락 기다리고 있겠습니다."

"아, 왜요? 가고 싶단 말이에요! 해외여행!"

민유림이 애처럼 투정을 부렸다.

"너 내가 어떤 사람인지 아직 실감이 잘 안 나지?"

"안 나긴 왜 안 나요? 아주 잘 아는데요."

"누군데?"

"앞뒤 꽉 막힌 작곡가."

"난 널 지금이라도 실업자로 만들어 버릴 수가 있다는 걸 명심하도록."

"히잉……."

현일은 그런 민유림에게서 일순간 김채린의 모습이 겹쳐 보였다.

그리고 그걸 그녀에게 말해주었다.

"큭큭, 걔라면 아마 '그건 계약 위반이에요! 위약금 물어내세요!'라고 했을걸요."

"맞아, 하하하! 아, 그러고 보니 계약 이야기가 나와서 하는 말인데, 원래 SH랑 계약돼 있었을 텐데 그 문제는 잘 해결한 거 맞지?"

"그렇다니까요. 안 그래도 요전에 전화 왔었어요."

"그래? 뭐라던데?"

"그냥 그 일은 끝났다고 하니까 그 뒤론 연락 안 오더라고요."

"그럼 다행이고."

현일은 맥시드에게 GCM과 계약하기 전에 SH와의 계약은 철저히 파기하라고 일러두었고 필요한 위약금도 준비했다.

아무래도 아직 어린 소녀들이다 보니 혹시 모를 문제에 휘말리지 않을까 걱정되는 마음도 없지 않았는데 대수롭지 않은 일이었나 보다.

"근데 우리 몰디브나 하와이에 보내주는 거 맞죠?"

"뭐라고? 잘 안 들려."

"아, 진짜!"

맥시드의 숙소.

그녀들은 매일 밤만 되면 컴컴한 어둠 속에서 침대에 누워 수다를 떨다가 잠드는 것이 하루의 마지막 일과였다.

"해외여행 가고 싶은 사람?"

"나!"

"나."

"나도."

민유림은 현일을 따라간 자초지종을 늘어놓고 해외 촬영을 할 의향이 있는지 물어보았다.

이미 오후에 한 이야기지만 언제 들어도 기대감이 부풀어 오르는 주제였다.

어쨌거나 그런 그녀의 말에 차례대로 김채린, 김수영, 한지윤이 손을 들었다.

역시 그녀들 또한 외국에 가본 경험이 없는 모양이다.

"그럼 결정됐네."

민유림이 말했다.

정작 결정하는 사람은 따로 있음에도 멤버들의 만장일치가 나왔으니 상관없다는 투다.

그 와중에 김수영이 의문을 표했다.

"근데 몰디브 맞아? 모히또 아니야?"

"…모히또 가서 몰디브 한잔하시게?"

"아님 말고!"

한지윤이 말했다.

"…그런데 그 몰디브나 하와이에 가서 촬영하면… 혹시 수영복 같은 거 입고 찍어야 되는 거야?"

"음, 그렇겠네."

한지윤의 얼굴이 붉어졌다.

"그, 그건 좀 부끄러운데……."

그러자 김채린이 옆에서 한지윤의 허리를 쿡쿡 찔러댔다.

"에이~ 샤워실에서 볼 때마다 네가 제일 몸매가 좋던데? 으응? 지윤 씨~?"

어느새 김채린의 손가락이 점점 위로 올라가 애매한(?) 부분을 찔러댔다.

"흐흐흐, 어디 얼마나 성장했는지 한번 볼까?"

"아, 안 돼!"

"일루 와!"

"꺄악!"

Chapter 2
사라 테일러

현일의 작업실.

"아아아아아아아양! 사장니이이임!"

"한 사장님을 왜 여기서 찾아?"

"작곡가니이이임!"

"왜?"

맥시드는 이번 해외 촬영 건을 통과시키기 위하여 김채린이
스스로 총대를 멨다.

따라서 그녀는 열심히 어깨를 흔들며 현일에게 아양을 떨어
대고 있었다.

"보내주세요오!"

"지금 생각 중인데 점점 보내주기가 싫어지려고 해."

"쳇, 좀생이, 멍게, 해삼, 말미잘."

"그러시든지."

"…백수."

"그건 네가 곧 얻게 될 신분이고."

"와, 진짜 한마디도 안 지려고 하시네요."

"난 지고 못 사는 성격이거든, 이제는."

"왜요?"

현일이 손을 휘휘 저었다.

"그런 게 있어. 어쨌든 이제 그만 가봐. 곧 연습할 시간이잖아?"

"네……."

김채린이 고개를 푹 떨구고 뒤로 돌아섰다.

"어디까지나 놀러 가는 게 아니라 일하러 가는 거야. 그걸 명심해."

"네에!"

김채린이 오른손을 하늘로 쭉 뻗으며 소리쳤다.

현일이 피식 웃었다.

현일은 로열 더 케이 뮤비 제작자 김승수와 만나 어째선지 계약 조건이 현일에게 살짝 더 유리하게 바뀐 계약서에 후딱 사인을 해치우고 실내 세트장에서 몇 장면을 미리 촬영한 뒤 맥시드와 함께 공항으로 왔다.

목적지는 하와이로 결정되었다.

몰디브에 비해 볼거리도 많고 쇼핑이나 관광지를 다녀보기 딱 좋은 곳이기 때문이다.

그리고 결국 현일도 동행하기로 했다.

첫 아이돌 그룹의 런칭인 만큼 한 번쯤 직접 봐도 좋을 것 같았고, 내심 현일 또한 외국에 가보고 싶었기 때문이다.

'일등석도 타보고 싶고.'

맥시드도 자기들끼리 재잘거리는 모습을 보니 외국에 가는 것이 어지간히도 좋은 모양이다.

'초를 칠 필요는 없겠지.'

놀러 가는 게 아니라고 당부해 두었지만 현일은 그런 그녀들을 그냥 내버려 두었다.

'분명 여기쯤이라고 들은 것 같은데.'

현일은 시간을 확인했다.

오후 10시에 공항에서 만나 커피 한잔한 뒤 45분에 비행기에 탑승해 목적지인 하와이로 떠난다.

김승수와 그렇게 약속되어 있었다.

한데 분명 약속한 공항 커피숍 앞에 다다랐음에도 뮤비 제작진이 보이질 않았다.

"작곡가님!"

그렇게 현일이 두리번거리고 있을 때 김승수가 현일을 불렀다.

목소리의 근원지로 고개를 돌리니 김승수가 화장실에서 나오고 있는 모습이 보였다.

그가 가까이 다가오자 현일이 입을 열었다.

"오셨군요."

"네, 이렇게 다시 뵙게 되어 반갑습니다. 자, 이렇게 서 있지 말고 어서 안으로 들어가시죠."

모두 커피숍에 들어가 자리에 앉았다.

"뭐 드시겠어요?"

"전 그냥 콜라 마시겠습니다."

"그럼 저도 그걸로 하죠. 맥시드 여러분은?"

이내 콜라 두 잔과 아메리카노 넉 잔을 가져온 김승수에게 현일이 의문을 표했다.

"그런데 다른 제작진은 어디 있죠? 뮤비를 혼자서 찍진 않을 텐데 말입니다."

"하하하, 그렇죠. 나머지는 어제 먼저 출국했고 호텔에서 대기하라고 지시해 두었습니다. 어제 날짜 티켓은 이미 일등석이 다 차버렸더라고요. 오늘도 딱 한 자리 남아 있었습니다."

김승수는 한 자리 남아 있었다는 것을 강조했다.

'감사합니다, 아주 기특하십니다.'

현일은 생각으로만 끝냈다.

"원래 일등석이 그리 쉽게 찹니까? 요즘 하와이 가는 여행객이 많은가 봅니다?"

"네, 뭐… 여름이기도 하고… 이럴 때도 있으면 저럴 때도 있으니까요. 그리고……."

"그리고요?"

"어깨너머로 들은 건데, 이번에 유명한 악단이 호놀룰루에서 공연을 한다더군요. 한번 가보시는 것도 좋을 거예요."

"참고하겠습니다."

"그럼 이제 슬슬 일어나실까요?"

"네, 그러죠."

일행은 자리에서 일어나 항공기 플랫폼으로 향했다.

현일이 안내원에게 일등석 티켓을 보여주자 안내원이 어딘가로 연락을 취했다.

얼마 후, 일등석 전용 라운지에서 신나게 군것질을 하고 있을 때 웬 양복을 입은 심부름꾼(?)이 직접 와서 현일의 짐을 들어주었다.

"손님, 게이트까지 모셔다 드리겠습니다."

"네."

따라오라는 말에 현일은 이코노미석에 타기 위해 길게 늘어선 대기 줄에서 자신들의 차례를 기다리고 있는 맥시드를 뒤로 하고 그를 따라갔다.

왠지 뒤에서 질투의 감정이 담긴 몇 쌍의 찌릿한 시선이 느껴졌지만 애써 무시하고 묵묵히 에스코트를 받았다.

지정된 자리까지 손수 안내해 주었고, 다른 승무원과 여행객들이 은근히 부럽다는 눈빛으로 현일을 보았다.

'음, 이게 말로만 듣던 패스트트랙 에스코트 서비스인가.'

그러나 비행기라고는 수학여행 때밖에 타본 적이 없는 현일로서는 일등석으로 오면서 김승수가 타게 될 비즈니스석도 구경했지만 일등석 만만치 않게 좋아 보였다.

'아마 서비스 같은 게 조금 다르겠지.'

그렇게 생각했다.

그러나 문이 열리고 퍼스트 클래스 룸에 들어선 순간 생각이 바뀌었다.

'차원이 다르다!'

일등석이 2층에 있다는 것도 처음 알았다.

아니, 비행기가 아예 층이 나눠져 있다는 것도 말이다.

역시 자본주의 사회.

돈이 많고 볼 일이다.

"완전 침대가 따로 없네요."

크고 넓고 편안하다.

현일의 감탄에 승무원이 가볍게 미소를 지으며 구구절절 설명해 주었다.

대부분이 기내 서비스에 대한 내용이었다.

"저녁 드시겠습니까?"

"괜찮습니다."

라운지에서 실컷 먹어 이미 배가 차 있는 상태인지라 딱히 뭘 더 먹고 싶은 생각이 들지 않았다.

"샴페인은 두 가지 종류가 있는데 무엇으로 드시겠습니까?"

"일단 좀 자고 싶네요."

지금 시각은 자정이 되어간다.

현일이 그렇게 일찍 자는 편은 아니지만 배가 부르고 등도 따뜻한 데다 의외의 곳에서 안락한 잠자리를 보니 어쩐지 피로감을 만끽하고 싶어졌다.

"예, 그럼 잠시만 기다려 주시면 이부자리 깔아드리겠습니다."

'오호라!'

양손을 가지런히 배꼽에 모은 채 공손한 태도를 유지하던 승무원이 고개를 살짝 숙이며 손수 이불을 깔아주었다.

미녀 승무원이 챙겨줘서 그런지 잠이 아주 잘 오는 밤이었다.

잠에서 깬 현일은 노트북을 켜고 DAW를 열었다.

TV에서 틀어주는 영화도 그다지 재미가 없고 별달리 할 일이 없었기에 무료함을 달래기 위함이다.

5분 간격으로 샘플을 뚝딱뚝딱 만들어내는 현일.

이 정도는 초능력이 없어도 프로 작곡가라면 누구나 가능한 수준이다.

한데 그런 현일의 모습을 힐끗힐끗 훔쳐보는 사람이 있었다.

옆자리의 짙은 선글라스를 낀 금발의 여자.

현일이 고개를 돌리자 금발은 황급히 자신이 들고 있는 잡지로 시선을 돌렸다.

'……?'

이내 현일은 다시 습작을 하는 데 몰두하려고 했으나 옆자리에서 계속해서 미묘한 시선이 느껴졌다.

왜 그런 것 있지 않은가.

육감이 실제로 존재하는 건지 꼭 누군가 자신을 보고 있으면 무의식적으로 그쪽으로 고개를 돌리게 되는 것 말이다.

지금이 딱 그런 상황이었다.

그렇게 다시 고개를 돌린 현일은 그녀와 눈이 마주쳤다.

아니, 마주쳤을 것이다.

선글라스를 꼈으니 눈이 안 보이니까.

어쨌든 그녀의 행색을 보아하니 외국인인 듯했다.

'비행기에서도 선글라스를 쓰고 있다니 취향 참 독특하시네.'

물론 워낙에 유명인이라 얼굴을 노출시키고 싶지 않아서일 수도 있다고 생각했다.

그도 그럴 것이, 여긴 하루를 보내는 데 1,000만 원에 근접한 비용을 내야 하는 일등석이다.

아니면 창문으로 들어오는 햇살에 눈이 부셔 쓰고 있거나.

'영화배우인가?'

그녀의 아담한 얼굴은 선글라스로 가려져 있음에도 빛이 나는 것 같았다.

아마 화면 속에서만 보던 인물을 실제로 보면 이런 느낌일까 하는 생각이 들었다.

그러나 자신과는 상관없는 일.

현일은 하던 일에 집중하려고 문을 닫기 위해 자리에서 일어났다.

그때였다.

"Hello~"

금발이 인사와 함께 손을 흔들었다.

"어… hello?"

현일이 화답하자 금발이 새하얀 이를 드러내며 웃었다.

"안녕하세요?"

'한국어? 아, 하긴 한국에서 왔으니까 인사말 정돈 알겠지.'

약간은 어눌한 발음.

그러나 알아듣기엔 문제가 없었다.

"한국어 할 줄 아시네요."

"조금요. 통역가가 필요할 것 같네요."

기내 통역가를 부르려던 그녀를 현일이 제지했다.

"괜찮아요, 제가 영어를 하면 되니까요."

"네, 그래줘요."

현일이 고개를 끄덕였다.

그렇게 둘은 영어로 대화하기 시작했다.

"그래서… 당신 작곡가예요?"

"네. 작곡에 관심 있으신가 봐요?"

음악을 안 좋아하는 사람은 찾아보기 힘들지만 어쨌든 공통의 관심사로 누군가와 대화를 하는 것은 언제나 기분 좋은 일이다.

특히 이렇게 심심할 때는 더욱더 그렇다.

승무원이 10분마다 찾아와 혹시 불편한 점은 없는지, 먹고 싶은 건 없는지 등등 이것저것을 물어보기는 했지만 말이다.

"조금 할 줄은 알지만 저는 작곡보단 직접 연주하는 쪽이에요."

"밴드 같은 거 하시나 봐요?"

현일은 기타를 치는 제스처를 취해 보였다.

"그런 건 아니고요, 유명한 바이올리니스트예요."

'자기 입으로 유명하다고 말하는 사람이 있던가?'

현일은 그녀가 자신을 표현하는 데에 스스럼이 없는 것 같다는 생각이 들었다.

물론 그런 점이 자신감이 있어 보일지 겸손하지 못하다고 보일지는 미지수지만 말이다.

"음, 하와이에 공연이라도 하러 가시는 건가요?"

"네, 바로 그거예요. 이번 주에 한국에서 공연을 마치고 하와이로 가는 중이에요. 와이키키 쉘에서 음악 공연이 있거든요.
거기에서 메인 바이올리니스트로 올라가게 되었어요."

"오케스트라 같은 거군요."

"맞아요. 교향악단이죠. 혹시 저 모르시나요?"

그녀는 큰 선글라스를 벗어 보였다.

딱 예상대로 생겼다.

바다를 담고 있는 듯한 푸른 눈동자는 보고 있으면 빨려들
어 갈 것 같았으며 백옥과도 같은 피부는 보송보송하고 어루만
지면 부드러울 것 같았다.

또한… (중략).

그만큼 고상하고 기품이 있는 아름다움이다.

한마디로 우아했다.

좌우지간 사람이 무언가를 물어봤을 땐 대답해 주는 것이
인지상정.

"모릅니다."

"아……."

그녀는 쓴웃음을 지으며 탄식을 내뱉었다.

사실 현일은 얼굴이 어디서 본 것 같다는 느낌을 받긴 했으
나 괜히 아는 척하기는 싫었다.

'확실히 모르면 모르는 거다!'

이 역시 현일의 고등학교 시절 영어 선생님의 가르침이다.

그때완 상황이 다르긴 하지만.

"혹시 이름이 어떻게 되시죠?"

"아, 그리고 보니 인사가 늦었네요. 사라 테일러(Sarah Taylor)예요."

'사라 테일러?'

이름을 들으니 드디어 조금씩 생각이 나기 시작했다.

캐나다의 토론토 출신으로 8살 때부터 바이올린을 연주하기 시작해 신동 소리를 듣고 자라 버클리 음대를 매우 우수한 성적으로 입학하고 졸업했으며, 세계 각국의 무대를 바이올린 하나로 휩쓸고 다녔다.

그야말로 희대의 천재 바이올리니스트였다.

그런데 왜일까.

그녀의 별명은 '만년 2등'이었다.

그럼에도 불구하고 사라 테일러는 유명하고 또 유능한 바이올리니스트임에는 틀림없다.

어쨌든 현일은 계속 모른 척하기를 고수했다.

그건 아직은 일어나지 않은 미래의 일이니까.

"전 최현일입니다, 작곡가죠."

"역시 그러시군요."

"혹시 작곡가가 필요하신 겁니까? 그렇다면 저에게……."

"네."

"아, 하하하."

농담을 던진 현일이지만 상대는 진지했다.

설마 진짜로 작곡가가 필요할 줄은 몰랐다.

현일의 머릿속에서 비록 그녀에 대한 기억은 적지만 따로 작곡가를 두지는 않았을 것이라 생각했기 때문이다.

그도 그럴 것이, 후에 그녀가 자신의 이름을 가장 밝게 빛내게 되는 곡은 당대 최고의 바이올리니스트이자 그녀의 동료이던 에드워드 버틀러가 써준 곡이었기 때문이다.

한데 그 곡을 발표하고 나서 어찌 됐는지는 모른다.

'소문에 의하면 마약에 손을 댔다고 하던데……'

아마 그녀의 별명과 관련이 있지 않을까 하는 느낌이 들 뿐이다.

"그냥 작곡가가 아니라 제 전속 작곡가를 구하고 있어요."

"그렇다면 저는 힘들겠군요. 하하하!"

현일은 한 회사의 사장인 몸이다.

오로지 한 사람만을 위한 작곡가는 될 수 없었다.

애초에 클래식은 현일의 전문 분야가 아니기에 생각도 없었지만 말이다.

"그런데 어느 분야를 작곡하고 계시나요?"

"저야 뭐 K-POP이죠."

"역시 그럴 줄 알았어요. 제가 찾고 있는 건 '진짜 음악'에 조예가 깊은 작곡가예요. 그쪽이 작곡가라고 하니 혹시나 해서 물어본 거예요. 저처럼 수준 높은 작곡가를 알고 있는지 말이죠. 저에겐 제 진가를 제대로 알아줄 인재가 필요하답니다."

현일은 그녀의 말에 살짝 인상을 찌푸렸다.

'진짜 음악이라……'

자기가 무슨 드라마 속 재벌 2세라도 되는 양 그녀의 거만한 말투는 둘째 치고서라도 다른 장르를 무시하는 태도가 마음에 들지 않았다.

클래식뿐만 아니라 특정 장르에 몸담고 있는 뮤지션이 팝에 대해서 좋지 않은 시선으로 보는 경우가 있는데 아마 그녀가 그런 경우인 것 같았다.

비단 음악만이 아니라 게임, 문학, 영화 등에도 간혹 그런 사람들이 있었다.

흔히들 일컫는 '마이너 부심'과도 비슷한 것이다.

물론 클래식이 마이너한 장르는 아니지만 아무튼 그런 것이 얼마나 어리석고 부끄러운 짓인지 현일은 잘 알고 있다.

자신도 중학교 때 그런 적이 있었으니까.

'어리군.'

사라 테일러에겐 미안하지만 일순간 그녀에게서 유은영이 겹쳐 보였다.

유은영에 비하면 새 발의 피긴 하지만 왜 만년 2등에서 못 벗어났는지 조금은 알 것 같다는 생각이 들었다.

벼는 익을수록 고개를 숙이는 법.

현일은 그녀가 자신의 콧대를 낮출 계기를 만나게 될 필요성을 느꼈다.

그녀가 인성 문제로 회자된 적은 없지만 한 명의 인간으로서 유은영처럼 되지 않기를 진심으로 바랐기에.

그래도 사라 테일러의 사고방식이 이해가 가기도 했다.

다름 아닌 그녀의 아버지가 미국에서 내로라하는 엔터테인먼트 회사의 사장이었으니 말이다.

자연스럽게 딸인 사라 테일러도 가수가 되고 싶어 했을 것이고, 부모님은 극렬하게 반대했을 것이다.

현일은 속으로 고개를 끄덕였다.

'내가 아버지였어도 분명히 그랬을 거야.'

그런 사람이라면 미국의 적지 않은 유명한 여가수들이 각종 스캔들에 오르내리는 사실 또한 잘 알고 있을 터이니 자신의 딸만은 그렇게 키우고 싶지 않았을 것이다.

그러나 딸의 고집과 음악에 대한 재능을 꺾을 수 없던 부모님은 차라리 난장판이나 다름없는 팝가수 대신 그녀에게 바이올린을 쥐어준 것일 거고 말이다.

그렇게 생각하니 이치가 들어맞았다.

"듣자 하니 제법 출중한 실력을 가지신 것 같은데 바이올린 연주를 한번 보여주시겠습니까?"

"음, 이런 건 어떨까요? 혹시 바이올린 다룰 줄 아시나요?"

"아뇨."

현일은 고개를 저었다.

"그럼 곧 아침 식사가 나올 거예요. 둘이서 함께 식사를 하기엔 테이블이 좁으니 그쪽이 먼저 식사를 하면 제가 바이올린 연주를 해드릴게요. 그 대신 제가 식사를 할 땐 그쪽이 저에게 연주를 해줘요. 꼭 바이올린이 아니라도 상관없어요. 당신의 실력이 보고 싶으니까요. 혹시 모르잖아요? 저의 전속 작곡가가 될 수 있을지."

어차피 그런 기회는 거저 줘도 가질 생각은 없지만.

"좋습니다."

현일은 마침 옆을 지나치는 승무원을 붙잡고 물었다.

"혹시 화물칸에서 제 기타를 가져올 수 있나요?"

"화물칸은 본 항공기의 외부에서만 개폐가 가능합니다. 죄송합니다, 손님."

"쩝."

현일은 입맛을 다셨다.

'어쩔 수 없지… 노트북으로 승부를 보는 수밖에.'

얼마 후, 식사가 나오고 사라 테일러가 마주 앉아 바이올린을 연주하기 시작했다.

다른 탑승객들에게 폐가 되지 않도록 문을 닫아 소리가 흘러나가지 않게 했다.

다행히 방음 처리가 잘 되어 있는지, 아니면 그녀의 바이올린 소리가 마음에 들었는지 아무도 연주를 제지하는 사람은 없었다.

바이올린을 어깨에 안착해 활로 줄을 켜는 그녀를 보고 있으면, 그녀의 거만함은 진정한 자신감에서 우러나오는 게 아닐까 하는 생각이 들 정도였다.

다만 간간이 붉은색 그래프를 그리며 들려오는 소리가 거슬렸다.

범인이라면 그저 흘려들었을 그런 음이지만 현일의 눈과 귀를 피할 수는 없었다.

그래프는 작지만 또렷하게 불안정한 음을 나타내고 있었다.

'끄응, 활을 어떤 식으로 놀려야 최적의 음이 나오는지 알 수는 없나?'

그렇게 생각하자 놀랍게도 현일의 눈에 환영이 보이기 시작했다.

그저 나쁨, 평범함, 최적의 소리가 나오고 있다는 것만을 제시하던 그래프가 이제는 바이올린을 켜는 가장 최적의 방법을 제시해 주고 있었다.

'……!'

사라 테일러가 연주를 하다가 불협화음을 낼 때면 그녀와 똑같이 생긴 반투명한 붉은색 허상이 그녀의 몸 위에 겹쳐졌고, 그와 동시에 초록색의 허상이 가장 이상적인 형태를 보여주고 있었다.

사라 테일러와 똑같이 생긴 초록색의 형상은 현일을 보며 지긋이 눈빛을 보내고 있었다.

마치 '이렇게 연주해야 한다'고 말하듯이.

그냥 건반을 누르면 누르는 대로 딱딱 지정된 소리가 나오는 신시사이저에 비해 바이올린과 같은 찰현악기는 각도, 위치, 자세와 같은 것이 중요하다고 볼 수 있으니 어쩌면 당연한 일인지도 모른다.

그녀는 베토벤의 피아노 삼중주(피아노, 첼로, 바이올린으로 이루어진 합주곡)인 '대공'을 연주하고 있었는데 원곡과는 살짝 다른 것을 알 수 있었다.

안 좋은 쪽으로 말이다.

"일부러 그렇게 연주하시는 건가요?"

"네, 저의 스타일이에요."

"호불호가 갈릴 수도 있을 텐데요."

"마음에 안 들면 안 들으면 되는 거랍니다."

현일은 고개를 끄덕였다.

일정 부분 동의한다.

그러나 그것이 과연 자신만의 스타일로 인정받을지 똥고집이 될지 그녀는 모른다.

범인을 초월한 현일의 능력은 분명히 가르쳐 주고 있었다.

그렇게 하면 안 된다고.

"제가 한 곡 들려드리고 싶습니다."

그녀는 여전히 바이올린을 켜며 말했다.

"아직 제 차례가 끝나지 않았는데요? 다 안 드셨잖아요."

현일은 5분 만에 메인 요리를 먹어치우고 다시 입을 열었다.

"이제 제 차례가 온 것 같습니다."

"…혹시 제 연주가 마음에 안 드시나요?"

"그렇게 하시면 안 됩니다."

"……."

그녀의 이맛살이 찌푸려졌다.

"저에게 훈수를 두시는 건가요? 좋아요, 얼마나 좋은 곡을 들려주는지 지켜보겠어요."

"예, 다만 시간이 좀 걸릴 테니 식사는 미리 하시는 게 좋을 겁니다."

그녀가 고개를 끄덕였다.

그렇게 현일이 DAW를 조작해 에드워드 버틀러의 'Pride'를 필작하는 순간이었다.

'어?'

['Sarah Taylor—Pride'를 작곡하였습니다.]
[인생 최초로 전설 등급의 음악을 작곡하였습니다.]

눈앞에 떠오른 '전설'이라는 단어는 주황색으로 칠해져 있었다.

그렇게 현일이 눈앞의 현상에 놀라는 와중에도 메시지는 연이어 떠오르고 있었다.

[이제부터 미래에 나오게 될 타인의 곡을 도작할 경우 원래의 등급보다 한 단계 하향되어 적용됩니다.]

[원곡과 다른 악기, 다른 가수로 노래를 만드는 경우 등급에 변동이 생길 수 있습니다.]

[단, 각 등급에 해당하는 최초 하나의 곡은 예외로 적용됩니다.]

[등급은 일반―레어―에픽―유니크―전설―신화로 이루어져 있으며, 각각의 등급을 매기는 기준은 대중의 인기와 음악의 퀄리티를 반영하여 합산된 결과입니다.]

'…그런 거였나?'

여러 개의 메시지 중에서도 가장 현일의 눈길을 끄는 것은 처음의 Sarah Taylor―Pride라는 문구였다.

자세한 내막은 모르지만 아무래도 'Pride'는 에드워드 버틀러가 아닌 사라 테일러 본인이 작곡한 음악인 듯했다.

'이쪽 분야에서도 알게 모르게 이런 일이 있기는 하나 보네.'

현일은 일단 이 메시지들에 대해서 생각하는 것은 나중으로 미루기로 했다.

'Pride'의 초반부 정도만 만들어놓고 노트북을 사라 테일러의 앞에 내밀었다.

"끝났습니다."

"꽤나 자신만만하시군요."

"재생해 보시죠."

그녀는 마시던 찻잔을 내려놓고 노트북의 트랙패드를 조작하여 노래를 재생했다.

그렇게 7분 남짓한 시간 동안 그녀는 벌어진 입을 다물지 못했다.

과연 전설은 전설이다.

노트북으로 급조한 곡임에도 그녀는 'Pride'의 진정한 가치를 아는 듯했다.

"어, 어떻게 한 거예요?"

"마음에 드시나요?"

"정말 엄청난 음악이에요!"

"운이 좋았네요. 가끔가다 한 번씩 영감이 번뜩일 때가 있는데 방금 전이 그랬나 봅니다."

"이, 이거 제가 써도 되나요?"

"네."

"아, 역시 그건 힘들… 네? 뭐라구요?"

사라 테일러는 자신의 귀를 의심했다.

"당신이 쓰셔도 좋습니다. 아니, 그렇게 해주세요."

"정말인가요?"

"그냥 이 곡을 당신이 가지세요."

"어떻게… 당신이 저의 전속 작곡가가 되어준다면 모를까… 그럴 수는 없어요."

어느새 사라 테일러의 말투는 '되어라'에서 '되어준다면'으로 바뀌어 있었다.

그녀도 현일이 자신의 작곡가가 될 생각이 없다는 것을 눈치 챈 것 같았다.

"사정이 있어서 그렇습니다. 이유는 말씀드릴 수 없어요. 대신 언젠가 제가 당신을 다시 찾을 때 부탁 하나만 들어주세요."

그녀는 뛸 듯이 기뻐했지만 현일의 말에 침묵을 유지하더니 별안간 무겁게 고개를 끄덕였다.

부탁 하나를 들어달라는 것은 어쩌면 가장 간단하면서도 가장 어려운 조건일지도 모르니까.

"알았어요, 제 힘이 닿는다면 몇 개라도 들어드리겠어요. 하나만으로 충분하다고 하셔도 상관없어요. 이건 저의 고집이에요."

"충분합니다."

사실 현일은 인생 최초로 전설 등급을 작곡했다는 메시지를 보면서 짧은 순간 많은 생각을 했다.

그냥 자신이 가져 버리고 싶다는 욕구와 원작자에게 돌려줘야 한다는 윤리적인 감정이 부딪쳤고, 후자로 마음이 기우는 데에는 그리 오랜 시간이 걸리지 않았다.

그녀가 마약에 손을 댔다는 소문이 사실이라면 아마 이 'Pride'를 에드워드 버틀러가 빼앗아 간 것과 관련이 있을 가능성이 높았다.

그리고 현일은 현일 자신이 자신의 음악을 송두리째 뺏기는 경험을 뼈저리게 해보았다.

물론 현일의 경우는 눈 뜨고 코 베인 것이고 사라 테일러는 자신이 전생에 뭘 만들었는지도 모른다는 차이점이 존재한다.

하지만 'Pride'라는 제목에서, 또한 그 곡은 제목뿐만이 아니라 노래 그 자체만으로도 그녀가 자신이 뮤지션으로서의 자부심, 긍지가 한껏 담긴 곡이라는 것을 느낄 수 있었다.

전생에서 그저 스쳐 지나가듯 '음, 좋다' 하면서 감상하던 것과는 달리 직접 작곡을 해보면서 그녀가 이 곡을 만들 때 어떤 심정이었을지 엿볼 수 있었다.

그러니 전설의 음악이 탄생한 것이 아니겠는가.

현일은 아까 전 사라 테일러에게 잘난 듯 훈수를 두었지만 이미 마음속에선 그녀를 훌륭한 작곡가, 나아가 자신보다 뛰어난 뮤지션으로 인정하고 있는 바였다.

그러나 머지않아 넘어서리라.

반면에 이성호.

'그놈은 당해도 싸다.'

남의 것을 빼앗는 나쁜 놈.

자신도 뺏겨봐야 안다.

당해봐야만 한다.

그러지 않으면 이성호는 계속 남의 피를 빨아먹는 짓을 반복할 것이다.

신이 준 기회를 받은 자신이 직접 총대를 메지 않으면 신에게도, 세상 모든 작곡가에게도 실례라는 생각이 들었다.

안타까운 현실이지만 세상엔 원리와 원칙만으론 안 되는 일도 있는 법이니까.

그것이 정당한가에 대해선 신경 쓰고 싶지 않았다.

'내가 하고 싶은 대로 한다.'

답은 현일에게 있었다.

현일이 입을 열었다.

"한 가지 궁금한 게 있습니다."

"뭐죠?"

현일은 그녀의 역린일지도 모르는 부분을 찔러보기로 했다.

"혹시 에드워드 버틀러랑 친분이 있으신가요? 그분도 바이올린 잘 켜시던데."

Chapter 3
능력

현일은 그렇게 말하며 바이올린 켜는 제스처를 취해 보였다.

에드워드 버틀러는 현재에도 미래에도 눈앞의 사라 테일러보다 유명한 것은 사실이니 현일이 그를 안다고 해도 이상할 것은 없었다.

그녀는 찌푸려진 얼굴을 금세 고쳤지만 현일의 눈은 그것을 놓치지 않았다.

"에드워드는… 저의 선의의 라이벌이자 좋은 동료예요. 그런데 그건 왜 묻죠?"

그녀의 말에는 날카로움이 묻어나 있었다.

"정말입니까? 뭔가 그 사람과 불편한 관계가 있지는 않나요?"

"더 이상 말하지 않겠어요. 저의 프라이버시니까요."

"부탁이라고 한다면요?"

"부탁··· 인가요?"

"아닙니다, 말씀하고 싶지 않으시다면 괜찮습니다."

"···네."

사라 테일러는 대답을 거부했지만 이로써 현일은 그 이유가 무엇이든 그녀가 에드워드 버틀러에게 모종의 악감정이 있다는 것을 확실하게 알 수 있었다.

현일은 그녀의 푸른 눈동자를 정면으로 응시하며 입을 열었다.

"만약 음악과 관련해서 상담하고 싶은 일이 생긴다면 저를 찾아주세요."

그녀는 현일이 건네준 명함을 받아 들고 작게 웃으며 말했다.

"후훗, 무슨 해결사라도 되시나 보죠?"

"작곡가입니다."

현일의 한마디에 그녀는 왠지 모를 신용을 느꼈다.

노트북에서 흘러나오는 노래는 그 답을 알고 있을지도 모른다.

드디어 현일 일행은 하와이의 호놀룰루 국제공항에 도착했다.

—저의 공연 보러 와주시지 않을래요? VIP석에 앉혀 드릴게요. 공연 끝나면 나중에 비행기에서 같이하지 못한 식사라도 해요 :D

현일은 사라 테일러에게서 온 문자에 답장을 했다.

맥시드의 뮤비 촬영 스케줄과 겹치지 않으니 그리하겠다고 전하고 김승수와 합류해 공항을 나섰다.

현일은 모국과는 다른 바깥의 풍경을 둘러보았다.

숨 쉬듯이 무고한 시민의 차량을 빼앗으며, 심심하면 길 가던 사람들에게 주먹질을 날리는 미국의 모 TPS 게임에서 자주 이용하던 것과 흡사하게 생긴 노란 택시들이 눈에 잡히니 새삼 이곳이 미국이라는 것이 실감났다.

'택시 타면 목적지까지 스킵할 수 있어서 좋았지.'

이내 현일은 상념을 털어내고 공항 주변 택시 정류장에 서 있는 택시들을 보며 말했다.

"택시 타고 갑니까?"

그에 김승수가 어딘가로 전화를 걸며 고개를 저었다.

"아뇨, 미리 촬영팀에게 착륙 시간 맞춰서 데리러 오라고 연락해 두었습니다."

현일이 고개를 끄덕였다.

"그나저나 생각만큼 덥지는 않네요. 하와이가 평균기온이 높아서 푹푹 찌겠다 생각했는데 말이죠."

"기온은 높지만 북동쪽에서 불어오는 무역풍 덕에 제법 산산합니다. 습도도 적당해서 불쾌감도 들지 않고요."

"확실히 그러네요."

"곧 무역풍이 잠잠해질 날이 다가오고 있긴 하지만 우린 그 전에 여길 떠나니까요."

"그건 다행이네요."

"전 더워 죽겠는데요."

과일 스무디를 쪽쪽 빨고 있는 김채린이 투정을 부렸다.

나머지 세 명도 무언가를 손에 들고 입을 오물거리고 있다.

"그럼 다시 한국에 갈까?"

"그런 뜻은 아니고요."

김채린이 어깨를 으쓱했다.

그 외에도 김승수는 현일에게 하와이에 대해 이것저것 알려 주었다.

어떻게 그리 잘 아느냐고 물어보았더니 신혼여행을 하와이 로 다녀왔다고 한다.

아무튼 연락을 마친 후 얼마 지나지 않아 제작진 한 명이 공항 출구에서 서성거리고 있는 현일 일행을 밴으로 안내했 다.

그들이 차에 올라 향한 곳은 제작진이 묵고 있다는 와이키 키 해변 근처의 호텔이었다.

현일 일행이 묵게 될 곳은 그 이름도 긴 트럼프 인터내셔널 호텔 와이키키 비치 워크(Trump International Hotel Waikiki Beach Walk)였다.

"트럼프라면… 도널드 트럼프가 소유한 호텔인가 보죠?"

"맞습니다. 이 근방 지역에서 가장 좋은 호텔이죠. 하나밖에 없는 5성급인 데다 각종 관광 명소가 가까이에 있거든요."

"제작진이 다 거기에서 묵는 겁니까?"

현일이 놀라며 물었다.

비행기 값에 일주일간 5성 호텔 숙박비까지 감당하기가 쉽지 않을 거라 생각되었기 때문이다.

"그건 아닙니다. 트럼프 호텔에는 저, 작곡가님, 맥시드 이렇게 여섯 명만 지낼 거고, 나머지 제작진은 어딘가의 가까운 호텔에서 알아서 묵을 겁니다."

"흐음, 그런데 가이드는 따로 없나요? 알아서 여행해야 하는 거예요?"

김수영이 김승수에게 질문하자 그는 농담조로 응답해 주었다.

"하하하, 가이드를 쓰게 되면 마트 같은 데 다니게 하면서 쇼핑에 돈만 쓰게 하는 경우가 있습니다."

"우와, 그럼 더 좋은 거 아니에요?"

"너 일하러 온 거라니까."

"하루만 촬영하면 된다면서요. 남는 시간에 쇼핑 좀 하면 어때서요? 기껏 여기까지 왔는데."

"그래, 나중에 열심히 돈 벌어서 마음껏 쇼핑하러 다녀. 지금은 자제하고."

그러자 물끄러미 현일을 바라보는 김수영.

"뭘 기대하는 거야?"

"…쳇, 사장님이라면 사줬을지도 모르는데."

그녀는 기어들어 가는 목소리로 말했지만 명백히 현일이 들으라고 한 말이다.

"사장님은 한국에 계시다."

현일은 그렇게 말하면서도 의아했다.

맥시드가 한준석 사장에게 인사하러 가면서 밥 한 끼 먹은 것 말고 따로 친분을 쌓은 적이 있는지 떠올렸지만 딱히 그런 적은 없기 때문이다.

'……'

곰곰이 생각해 보던 현일은 이내 무슨 뜻인지 눈치채고는 미간을 좁혔다.

호텔에 도착한 현일은 곧바로 짐을 풀었다.

오아후 섬 남쪽 끝에 위치한 호놀룰루는 미국 하와이 주의 주도이면서 동시에 항공 교통과 관광, 쇼핑, 문화의 중심지이기에 상당히 돈 쓸 거리가 많았지만 호텔 식당에서 배를 채우고 곧장 방으로 들어온 현일은 기타와 노트북을 만졌다.

이것이 현일의 낙이자 일이었다.

그리고 호기심이었다.

'인생 최초의 전설 등급이라······.'

현일은 아침에 떠오른 메시지에 대해서 좀 더 탐구해 보기로 했다.

내심 궁금증이 일었던 것이다.

예를 들면, 자신이 '유니크' 등급의 음악을 작곡한 적이 있을까 하는 생각이 든 것이다.

일단 현일의 생각은 부정적이다.

현일은 내친김에 비행기에서 만든 습작들의 등급을 모두 확인해 보기로 했다.

'전부 일반 등급이군.'

DAW 화면과 비슷한 형태를 띤 그래프 창의 상단에 [일반]이라는 글자가 하얗게 쓰여 있는 걸 볼 수 있었다.

자신이 유튜브에 종종 올리곤 한 사운드트랙 역시 대부분이 일반 등급이었고 가끔씩 레어 등급이 존재했다.

둘은 조회 수에도 많은 차이가 있었다.

MMF와 이하연, 맥시드의 노래를 모두 같은 아이디로 올렸기 때문에 자연스레 무명 시절에 올린 노래도 조회 수가 큰 폭으로 상승했는데, 일반 등급의 음악은 평균 100만 전후에서 조회 수를 형성하고 있었고, 레어 등급은 그보다 1.5~2배 정도 더 높았다.

정식으로 작곡가로서 활동하기 시작한 뒤로 작곡한 노래를 유튜브에 올리는 양은 상당히 줄었음에도 이미 광고 수익만으로 대기업 부장 연봉 정도를 벌어들이고 있었다.

계속해서 유튜브에 음악을 업로드하면 더 많은 돈을 벌 수 있겠지만 그것보단 제대로 된 한 곡을 만들고 싶었다.

'전생에 작곡한 블랙 베일 걸스의 노래는 에픽 등급 정도 되려나?'

현일은 등급을 매기는 기준에 대해 떠올렸다.

만약 에픽 등급이 맞는다고 가정했을 때, 블랙 베일 걸스의 노래는 당시 한국은 말할 것도 없고 K−Pop에 열광한다는 인근의 다른 나라의 음악 시장까지 휩쓸었다.

일단 음악의 퀄리티는 제쳐놓고 단순히 인기로만 따진다면 일반 등급이 그냥 그런 음악, 레어가 인기 있는 음악, 에픽이 한 나라의 시장을 잠식할 만한 음악, 유니크는 전 세계, 즉 빌보드 차트를 찍어 누를 만한 음악일 것이다.

그리고 전설은 말 그대로 역사에 길이 남을 위대한 음악일 것이다.

'신화 등급은 감도 안 잡히네.'

애초에 그런 등급의 음악이 존재하는지조차도 의문이다.

'후, 작곡이 잘 안 되네. 머리 좀 식혀야겠어.'

현일은 와이키키 해변이 한눈에 내려다보이는 베란다로 다가갔다.

트럼프 호텔의 수영장.

그곳에는 여러 장비와 함께 20명쯤의 로열 더 케이 제작진이 있었고, 남자들은 힐끔힐끔 수영복 차림의 맥시드를 곁눈질로 보고 있었으며, 여성 제작진은 그런 동료들을 보며 혀를 차고 있었다.

철저하게 관리를 받는 아이돌의 신체에 시선이 가는 것은 어쩔 수 없는 일이지만 말이다.

"와아! 진짜 이곳 전체를 대여한 거예요?"

김채린이 눈을 동그랗게 뜨고 김승수에게 물었다.

"빌린 건 한 시간뿐입니다. 그전에 다 찍어야 해요."

"네!"

풍덩!

"으으으! 시원해!"

김채린을 선두로 민유림과 김수영이 수영장으로 뛰어들었다.

셋은 물장구를 치거나 서로에게 물을 뿌려대며 놀았다.

"적당히 놀고 빨리 튀어나와!"

"아직 촬영 안 하잖아요. 지금 지윤이도 없는데 조금만 더 놀면 안 돼요?"

"뭐? 걘 어디 갔는데?"

"저기 오네요."

현일은 그녀가 손가락으로 가리킨 방향으로 고개를 돌렸다.

그곳에는 얼굴이 홍당무가 된 한지윤이 져지를 걸쳐 입고 양 팔로 몸을 가리며 엉거주춤 걸어오고 있었다.

"오오……!"

김승수의 재촉에 장비 세팅에 집중하고 있던 제작진은 한지윤의 등장에 감탄을 금치 못했다.

그녀의 몸매는 맥시드 멤버 사이에서도 단연 제일이라고 인정받고 있는 바.

아닌 게 아니라 그녀가 오른팔로 열심히 가리기 위해 애쓰는 상반신의 볼륨(?)이 매우 풍부했기에 남자들의 말초신경을 자극하는 데 아주 그만이었다.

맥시드에게 은근히 질투의 눈빛을 보내던 여성 제작진도 한지윤을 위아래로 훑어보더니 그녀만큼은 인정한다는 듯 고개를 끄덕였다.

나머지 세 명은 어떻게든 비벼볼 수 있을 법한데 한지윤은 범접할 수 없는 영역인 모양이다.

뭐, 어디까지나 착각은 자유다.

"지윤아, 너……."

그때, 김승수가 눈을 빛내며 현일을 제지했다.

현일이 김승수를 쳐다보았다.

괜찮으냐는 뜻이다.

"괜찮을 것 같습니다. 그냥 놔두십쇼."

"한 시간이면 촉박하지 않습니까?"

"저 모습을 카메라에 담아도 좋을 것 같습니다."

"그런가요?"

김승수는 인상 좋아 보이는 미소를 지으며 고개를 끄덕였다.

"네, 풋풋한 소녀들이 남의 시선을 의식하지 않고 물속에서 즐겁게 뛰어노는 모습이나 한지윤 씨가 비키니를 입고 수줍게 사람들 앞으로 나서는 모습을 카메라에 담으면 제법 좋은 장면이 나올 것 같습니다. 세상의 때가 안 묻은 것처럼 순수해 보이지 않습니까? 그리고 열정적인 한지윤 씨의 솔로 파트와 이 장면을 연결하면 반전 매력도 있을 것 같군요."

과연 김승수는 경력이 있는 PD였다.

현일이 고개를 끄덕였다.

그가 알아서 잘할 테니 현일은 더 이상 맥시드에게 왈가왈부하지 않기로 했다.

그러면서도 그와 같은 안목을 배워야겠다는 생각이 들었다.

어디서도, 어떤 상황에서도 자신의 작품에 대한 영감을 얻을 수 있는 자세를.

김승수는 무언가 이야기를 나누고 있는 제작진 쪽으로 고개를 돌리며 외쳤다.

"진성아!"

"예!"

"빨리 카메라 돌려!"

"예엡!"

진성이라 불린 스태프는 지난번 현일 일행을 마중 나온 사람인데, 보아하니 김승수가 아끼는 후배인 것 같았다.

얼마 후, 촬영이 시작되자 그는 여러 가지 지시를 받으며 맡은 일을 충실히 해나갔다.

나중에 편집본을 보니 정말 손에 땀을 쥐고(?) 보게 만들었다.

콘셉트, 의상, 백그라운드는 물론이고 카메라의 구도, 각도, 그리고 멤버들이 비춰지는 순간부터 순서에 이르기까지 감탄할 만했다.

현일은 왜 김승수가 그를 아끼는지 잘 알 수 있었다.

단지 그가 김승수의 지시를 따랐을 뿐이라고 해도 말이다.

현일은 의자 등받이에 걸쳐놓은 그의 재킷 주머니에 자신의 명함을 슬쩍 집어넣었다.

수영장에서의 촬영이 끝나자 다른 곳으로 이동하여 촬영을 계속했다.

와이키키 해변에서도 촬영해서 현일은 그쪽에도 따라가 봤지만 역시나 예상대로 해변의 미녀 같은 건 존재하지 않았다.

그런 건 007영화에나 나오는 것이었다.

세상은 넓지만 미인은 드물다.

그건 어느 나라 어딜 가도 똑같다.

'좋은 영감을 얻을 수 있을 것만 같았는데 아쉽게 됐군.'

내심 해변의 여인이라는 제목으로 곡이 하나 떠오르지 않을까 하는 생각이 들었지만 그런 건 없었다.

호텔로 돌아간 현일 일행은 호텔 식당에서 저녁을 먹었다.

그 뒤로는 현일과 따로 얘기하고 싶다는 민유림의 요청으로 둘은 일대일 면담을 하게 되었다.

"그런데 작곡가님, 우릴 왜 캐스팅하신 거예요?"

"그게 궁금한 거야?"

"네."

"왜?"

"솔직히 말씀드리자면 전 아직도 얼떨떨해요. 거대 기획사의 만년 연습생이던 제가 지금은 신생 기획사의 간판 아이돌 가수가 되어가고 있잖아요? 하하하! 그리고 이렇게 생각지도 못한 해외 뮤비 촬영도 해보고요."

현일은 민유림의 이야기를 들으며 푸른 해변이 한눈에 담기는 해변을 등지고 난간에 몸을 기댔다.

그러자 그녀는 현일과 반대로 배를 난간에 기대며 말을 이었다.

"정말 행복한 경험이에요."

민유림은 그렇게 말하며 빙그레 미소 지었다.

그녀가 언제부터 아이돌 가수의 꿈을 가졌는지는 몰라도 분명 꿈이 현실로 다가오는 순간엔 가슴속이 환희로 벅차오를 것이다.

"그냥 그럴 만하니까 이렇게 돼 있는 거야. 노력 많이 했잖아."

그녀는 연습생 시절을 떠올렸다.

하드한 스케줄로도 모자라 매일 하루 네 시간씩 자면서 언제나 이번이 아니면 안 된다는 각오로 임했다.

그러면서도 번번이 실패하던 도중 현일은 맥시드에게 있어서 뜻밖의 기연으로 붙잡은 천재일우의 기회였다.

"사실 수영이가 GCM엔터테인먼트로 가자고 했을 때 가장 반대한 게 저예요."

"그래? 그런데 왜 마음을 바꾼 거야?"

"처음엔 다른 멤버들이 하나둘씩 결정하기 시작하면서 저도 불안해지기 시작했어요. 그냥 더도 말고 덜도 말고 데뷔라도 하고 싶다, 그런 막연한 생각뿐이었어요. 그렇게 고민하고 있을 때 작곡가님이 노래를 주셨고, 그때 확신이 생겼죠. GCM으로 가도 되겠구나 하고."

"그래도 후회는 없지?"

"네."

"앞으로 연습생 시절보다 훨씬 힘들어질지도 몰라."

"세상에 쉬운 일이 어디 있겠어요? 다 감내할 거예요."

'기특한 녀석.'

현일은 내심 저런 여동생이 있다면 좋겠다는 생각이 들었
다.

"그것뿐이겠어요? 전 이제 누가 어느 기획사에 소속되어 있
느냐고 묻는다면 자신 있게 말할 수 있어요. GCM엔터테인먼
트라고!"

"뭐야? 그럼 이전까진 그렇게 못 했다는 거야?"

"노코멘트 할게요! 하하하!"

현일은 피식 웃음이 나왔다.

＊　　　　＊　　　　＊

와이키키 쉘 공연장의 출연자 대기실에 있던 사라 테일러가
현일을 마중 나왔다.

이내 현일을 발견하고 성큼 다가온 그녀가 하얀 이를 드러내
며 웃었다.

"와주셔서 고마워요."

"뭘요. 오히려 초대받은 제가 감사할 일이죠."

"자, 어서 들어가요. 제가 좋은 자리 마련해 놓았어요."

"아뇨. 전 일반석에 앉도록 하겠습니다."

"예? 어째서죠?"

"공짜로 보는데 VIP석에 앉을 수는 없지요."

"그러라고 있는 VIP석이에요."

그건 그렇다.

공연 관계자의 편안한 관람을 위해 존재하는 자리이다.

"그냥 일반석에 앉고 싶네요."

"…정 그러시다면 어쩔 수 없죠."

"공연 시작하기 전에 제 연주를 들어주시겠어요?"

"맛보기입니까?"

그녀가 고개를 저었다.

"아뇨. 작곡가님의 의견을 듣고 싶어서요."

"제 의견을요?"

"네. 비행기에서 당신을 만나고 난 후로 계속 생각이 났어요."

현일의 눈이 휘둥그레졌다.

"제가요?"

그린 라이트인가.

"후훗, 그런 뜻이 아니라 그때 제게 해주신 지적 말이에요. 오늘 공연 마지막엔 저의 지명곡이 예정되어 있는데 작곡가님이 주신 Pride를 연주할 계획이에요. 그러니 한번 봐달라는 거예요."

"아, 그런 거라면 기꺼이 봐드려야죠. 그런데 괜찮겠습니까? 다른 악기 연주자들은 그 곡을 모를 텐데요."

"그건 걱정하실 것 없어요. 오늘 출연자들 모두 처음 듣는 곡도 악보만 있으면 연주할 수 있는 프로들이니까요."

현일은 고개를 끄덕였다.

"그렇군요, 좋습니다. 몸 쪽 꽉 찬 돌직구로 날려 드리겠습니다."

"네? 돌직구라뇨? 제가 야구를 하자고 했던가요?"

"직설적으로 평해주겠다는 뜻입니다."

"아, 바라는 바예요."

그녀가 눈에 독기를 품었다.

마치 현일에게서 단물을 다 뽑아 먹어주겠다는 듯한 눈빛이다.

'응당 그렇게 나오셔야지.'

현일은 이미 뛰어난 뮤지션인 그녀가 자신에게서 얻어갈 것이 있을까 하는 걱정 따윈 하지 않았다.

세 살배기 꼬맹이에게서도 배울 점이 있다는 말을 믿기에 분명 베토벤이나 모차르트가 살아 돌아와도 자신에게서 무언가를 얻어갈 게 있을 거라고 믿었다.

그리고 그런 자세가 현일과 현일의 음악을 믿어주는 사라 테일러에 대한 예의였고, 최선을 다해 가르침을 하사하리라 작정했다.

이어 그녀가 바이올린 연주를 시작했다.

현일은 눈에 힘을 주고 그 모습을 관찰했다.

첫 번째 연주는 그녀의 본래 스타일대로 바이올린을 켰지만 두 번째는 나름 고심을 한 흔적이 보였다.

그렇지만 안타깝게도 별로 나아진 것은 없었다.

'그래서 나에게 모니터링을 요청한 거겠지.'

그녀도 그 사실을 아는지 현일의 무뚝뚝한 표정에 시선을 떨구었다.

현일이 입을 열었다.

"그 하늘 높은 줄 모르고 치솟아 있던 자신감은 어디로 갔습니까? 어깨 쫙 펴고 절 보세요."

현일은 손수 그녀의 어깨를 바로잡아 주었다.

그리고 으레 나오는 초록색의 형상에 맞춰 그녀의 자세를 교정해 주었다.

무엇이든 가장 중요한 것은 자세이다.

자세가 기본이고 기본이 다져져야 그 위에 뭘 쌓을 수 있었다.

아마추어와 프로의 차이는 거기에서 나온다.

물론 사라 테일러의 자세는 누가 봐도 나무랄 데가 없었다.

하지만 현일만이 알 수 있는 초록색 형상과의 미묘한 차이, 그 차이가 바로 1등과 2등을 나누는 기석이었다.

차이를 파악했다면 그다음 할 일은 그녀 자신만의 스타일을 고쳐주는 것이다.

그거야 좋게 말했을 때 스타일이고 나쁘게 말하면 똥고집이다.

그녀가 음악을 연주할 때 자신의 뜻대로 살짝 박자를 늦추거나 빠르게 연주하는데 현일은 그게 마음에 들지 않았다.

원곡을 작곡한 사람은 분명히 그렇게 만든 이유가 존재한다.

현일이 'Pride'를 작곡하면서 그녀의 진의를 느낀 것처럼 말이다.

그리고 그것을 그녀에게 말해주었다.

"당신은 그걸 망치고 있어요."

"뭐라고요?"

"편곡이란 건 좀 더 자연스럽게, 좀 더 귀가 즐겁도록 하기 위한 것이지 자신을 돋보이게 해주는 것이 아닙니다. 돋보이기라도 하면 다행이지만 이건 그냥 유별난 거예요."

그녀는 여태까지의 자신이 부정당하는 느낌이 드는 모양인지 약간 불편한 기색을 표했지만 순순히 현일의 지도를 들었다.

현일이 돌직구를 날린다고 했을 때 다름 아닌 자신의 입으로 그리 해달라고 했으니 말이다.

그녀는 아랫입술을 질끈 깨물고 인내했다.

이 인고의 과정이 효과가 있을지 없을지는 나중에 스스로 알아보면 된다.

아니, 있으리라 믿고 현일이 가르쳐 준 대로 'Pride'를 시연했다.

그러자 생각지도 못한 일이 벌어졌다.

그녀는 내심 반신반의했지만 이젠 완전히 생각이 달라졌다.

현일은 그녀의 흐뭇한 표정을 보며 물었다.

"어떠세요?"

"정말… 작곡가님의 말씀대로네요. 그러니까… 원곡을 원곡대로 만든 데에는 다 그럴 만한 이유가 있다고 하셨죠?"

"네."

"딱 그 말씀이 맞는 것 같아요. 작곡가의 영감이 그대로 전해지는 기분이었어요!"

"도움이 되었다니 다행입니다."

현일의 조언이 사라 테일러에게서 이렇게까지 빛을 보는 이유는 다름이 아니라 'Pride' 자체가 원래 그녀의 곡이기 때문일 것이다.

"그럼 이제 가실까요? 아, 그리고……."

*　　　　*　　　　*

현일은 사라 테일러가 친절하게 안내해 준 자리에 앉았다.

그녀는 여기까지 오면서, 그리고 무대 위에 올라가면서도 계속 현일의 말을 곱씹었다.

VIP석은 일반석과 떨어져 무대를 쉽게 내려다볼 수 있는 곳에 있었는데, 그래서 거기에 앉지 않았다.

현일의 목적은 그녀의 모니터링도 있지만 더 중요한 것은 관객의 반응이었다.

그리고 그건 현일의 무기였다.

그래서 일반석 중간 자리에 앉았다.

전 좌석이 매진되어 있는 상태였지만 절차는 간단했다.

미리 예약된 자리에 앉아 있던 사람에게 양해를 구하고 대신 VIP석으로 보내줬다.

당연히 그 사람도 흔쾌히 응해주었고.

이게 바로 누이 좋고 매부 좋은 일 아니겠는가.

아무튼 클래식 같은 음악 공연은 거의 보는 사람만 보는 경우가 많기 때문에 그런 만큼 그래프로 관객의 반응을 확인할 필요가 있었다.

혹시 사라 테일러가 나중에 작곡을 의뢰할지도 모르니까 말이다.

얼마 지나지 않아 공연이 시작되었다.

하얀빛이 내리쬐는 무대 위에 수십 명의 오케스트라 공연단이 앉아 있고 지휘자 한 명이 관객들에게 등을 보이면서 허공에 팔을 휘젓고 있다.

그리고 사라 테일러는 마치 현일과는 일면식도 없다는 듯이 원래 자기 방식대로 연주를 하기 시작했다.

'처음엔 당신이 원하는 대로, 하고 싶은 대로 연주하시고 Pride만 제가 말한 대로 해주세요.'

그녀는 현일이 자신에게 한 말을 떠올렸다.

당연히 왜냐고 물어보았지만 대답해 주지 않았다.

'뭐, 이것도 좋으니까.'

예전부터 이렇게 해왔다.

딱히 마다할 이유도 없었기에 그냥 그러겠다고 했다.

얼마 후, 노래가 중반으로 접어들기 시작하자 가만히 앉아 공연을 지켜보던 현일은 눈을 반짝이며 주위를 힐끔거리기 시작했다.

드디어 몇몇 사람들이 저들끼리 속닥거리기 시작한 것이다.

음악 소리에 묻혀 그 목소리는 잘 들리지 않았지만 그래프는 화자의 감정을 확연하게 전달해 주고 있었다.

즐거움과 평온 속에 작게 감춰진 불만.

"이 음악은 좋은데 저 여자가 연주하는 부분이 간간이 마음에 안 들지 않아?"

"응? 그런가? 난 잘 모르겠는데."

"바이올린을 집중해서 들어봐. 원곡하고 조금 다르잖아."

"음, 듣고 보니 그런 것 같기도 한데, 난 바이올린보단 피아노에 더 집중하고 싶다고."

현재 사라 테일러의 연주는 쓸데없이 사람들의 호불호가 갈리도록 만들고 있었다.

오늘부터 그녀는 그것을 공략해야 한다.

그리고 수차례의 음악이 끝나고 이어서 나오는 마지막 무대인 'Pride'.

바이올린을 켜는 그녀의 몸에서 푸른색의 아우라가 흘러나와 와이키키 쉘 공연장 전역으로 퍼져 나갔다.

짝! 짝! 짝!

관람석 한구석에서 시작된 박수는 눈 깜짝할 새 모든 관객을 전염시켰고, 별안간 하나둘씩 일어나 찬사를 보내기 시작했다.

그리고 현일에게 떠오르는 메시지.

띠링!

[전설 등급의 음악을 들었습니다.]
[이 곡에 녹여진 감정은 없습니다.]
[무작위로 긍정적인 효과가 발생합니다.]

'무슨 효과일까?'

무작위의 긍정적인 효과라니.

갑자기 기분이 좋아지기라도 하는 것일까.

아니면 예전의 그것처럼 병의 증상이 미세하게나마 호전되는 효과라도 있는 걸까.

그런데 그것이 실제로 일어났다.

"왠지 찌뿌드드하던 목이 풀리는 것 같은데?"

"나도 어깨 결림이 사라진 기분이야."

"내가 피곤함을 기쁘게 생각할 날이 올 줄이야. 이게 얼마 만에 느껴보는 건지 모르겠군. 요즘 불면증에 시달렸는데 얼른 가서 눈 좀 붙여야겠어."

"난 빨리 귀국해야겠어. 가족이 보고 싶어졌어."

"갑자기 기분이 좋은데? 이런 날엔 술 한잔하러 가자구!"

'그렇군.'

현일이 고개를 끄덕였다.

무작위 긍정적인 효과라고 하면 청취한 모든 사람에게 같은 효과를 무작위로 주는 건지, 아니면 동시에 사람마다 다른 효과를 주는 건지 궁금했는데 아마 후자인 모양이다.

현일은 눈앞의 메시지를 보았다.

[치유의 효과가 작용합니다.]

'치유'라는 글자는 전설 등급 글자와 마찬가지로 주황색으로 칠해져 있었다.

아무래도 노래의 등급에 따라 적용되는 효과의 등급도 가지각색인 모양이다.

'하필이면 치유라니 아픈 곳은 없는데.'

내심 다른 효과가 나오길 바란 현일은 입맛을 다시며 무대를 바라보았다.

"감사합니다! 다음에도……."

그곳에는 하얀 이를 드러내며 환하게 웃는 사라 테일러가 공연장을 벗어나고 있는 관객들에게 손을 흔들며 연신 무어라 감사의 말을 전하고 있었다.

만족스러운 눈으로 그 모습을 보던 현일은 사람들을 따라 발걸음을 움직였다.

잠시 후, 뒷일을 정리하고 공연장을 나온 사라 테일러는 모여든 기자들을 물리치고 바깥에서 서성이고 있는 현일을 발견했다.

"작곡가님! 여기예요!"

사라 테일러가 저만치에서 현일을 불렀다.

목소리의 근원지를 찾은 현일은 주저 없이 그녀에게 다가가 오늘의 감상을 이야기했다.

"공연 잘 봤습니다. 정말 최고였습니다. 뉴에이지에도 언젠가 도전해 보고 싶다는 생각이 들 정도였어요."

"최고라고 할 것까지야……."

"아니요, 정말 최고였어요. 아까 보셨잖아요? 그 수많은 관객의 기립 박수를."

"……."

"저번의 그 자신감은 어디로 갔어요?"

"…모르겠어요."

어느 때에나 서슴없이 자신을 표현하던 사라 테일러는 어째서인지 입이 잘 떨어지지 않았다.

하늘 위에 하늘이 있다고 하던가. 그녀의 눈에는 천재 작곡가로 보이는 현일 앞에만 있으면 자신이 작아지는 것 같고, 왠지 겸손해야 할 것만 같았다.

"한번 말해보세요. 내가 최고! I am the best라고."

"I, I am the… best."

"더 크게."

"I AM THE BEST!"

"좋아요. 그래야 당신답죠. 이제 같이 식사하러 가실까요?"

"네, 제가 스테이크를 맛있게 하는 곳을 알아요."

"그럼 거기로 가죠."

그렇게 둘은 근처의 맛있는 스테이크 하우스로 들어가 달달한 소스가 듬뿍 얹힌 스테이크와 함께 시원한 콜라를 들이켰다.

현일이 먼저 입을 열었다.

"오늘 공연도 끝났는데 이제 뭐 하실 건가요?"

"내일 떠날 거예요. 라스베이거스에서 또 공연이 있거든요."

"라스베이거스요? 카지노 호텔 같은 곳에서 하시나요?"

"아니요, 그냥 평범한 음악 공연장이에요. 왜요?"

"사실 처음 여기서 공연한다는 말을 들었을 때 커다란 대형 크루즈 함선 같은 데서 할 줄 알았거든요."

"왜 그런 생각을 하신 거예요?"

"그냥… 하와이 하면 해변과 바다가 생각나잖아요. 그리고 그 위에 푸른 대양을 누비는 크루즈!"

"네? 하하하하! 아이들처럼 귀여운 상상을 하시네요."

그렇게 둘은 담소를 나누다가 식사가 끝나자 자리에서 일어 났다.

"이제 그만 가야겠네요. 오늘 즐거웠어요. 그리고 고마워요. 제 공연을 보러 와주시고… 특히 'Pride'는 정말로 멋진 곡이에 요. 언젠가 꼭 보답해 드릴게요."

"말씀이라도 감사합니다."

"아녜요. 아, 그리고……."

"그리고요?"

그녀는 무언가 하고 싶은 말이 있는 것 같은데 뜸을 들였다.

한차례 심호흡을 한 후 간신히 입을 뗐다.

"후, 마지막으로 말씀드릴게요. 제 전속 작곡가가 되어주실 수 없나요?"

"…그건 불가능합니다. 죄송합니다."

그녀는 금세 침울한 표정이 되었다.

"네, 그러실 줄 알았어요. 그러고 보니 이유를 듣지 못했네 요."

"전 이미 한국에서 GCM엔터테인먼트라는 기획사를 설립해 운영 중입니다. 누군가의 전속 작곡가가 될 수가 없는 몸이에요."

"그러시군요. 그럼 제가 거기에 들어가겠다고 하면요?"

"…예?"

"후후, 농담이에요. 저도 이미 속한 곳이 있는 몸. 마음대로 옮길 수는 없으니까요."

"아, 예."

"그래도 언젠가 계약이 끝나면 생각해 볼 수 있는 일일지도 몰라요. 정말로요."

"GCM엔터테인먼트의 문은 언제나 열려 있습니다. 하하하!"

"그럼 이만 가볼게요. 라스베이거스 공연을 준비해야 해서요."

그때, 현일의 목에 살짝 차가운 것이 느껴졌다.

"이런, 비가 오는 것 같습니다. 마침 헤어지려고 했는데 완벽한 타이밍이네요."

"그러게요. 빨리 돌아가셔야겠어요."

"괜찮습니다. 비는 좋아하니까요."

"그래요?"

"네. 젖은 아스팔트 냄새, 젖은 흙냄새도 좋아해요. 특히 비가 내릴 때 그 쏴아아 하는 소리를 듣고 있으면 모든 근심 걱정이 다 씻겨 내려가는 기분이 들거든요."

"어머, 사실은 저도 그래요! 우린 정말 천생 뮤지션인가 봐요."

그녀는 그렇게 말하며 오른손을 척 내밀었다.

이제 그만 작별의 악수를 하자는 뜻이다.

"그래도 계속 있으면 감기 걸린답니다."

"걱정해 주시는 겁니까? 황송하네요."

"하하하, 혹시 나중에 돈독한 인연을 쌓게 될지도 모르는 분인데, 몸 건강히 지내셔야죠."

그런데 현일은 어째선지 왼손을 내밀었다.

그에 그녀가 의아한 표정을 지었다.

"왼손으로 악수합시다. 그쪽이 내 심장과 가까우니까."

"후훗, 당신이 지미 헨드릭스예요?"

"기타는 더 잘 쳐요."

"재밌는 농담이네요. 좋아요."

현일은 그녀의 손을 맞잡고 마지막으로 말을 전했다.

"전속 작곡가는 될 수 없지만 의뢰는 받아들입니다."

그녀가 싱그러운 미소를 지었다.

*　　　*　　　*

"흠, 어딜 갔다 오신 거예요?"

민유림이 비에 젖어 수건으로 물기를 닦아내는 현일에게 물었다.

트럼프 호텔과 사라 테일러와 함께한 식당은 그리 멀지 않아 도보로 이동했는데 돌아오는 사이에 비가 점점 더 세게 내린 탓이다.

"밥 먹고 왔어."

"네 시간 동안이나요?"

"네가 내 와이프냐?"

"치, 그냥 궁금해서 물어본 거죠."

"와이키키 쉘에서 오케스트라 공연 보고 세계적인 슈퍼스타랑 밥 먹고 왔다. 궁금증 풀렸어?"

"네~ 네~ 그러시겠죠."

분명히 사실대로 실토했지만 그녀는 믿지 않는 눈치다.

어차피 믿거나 말거나 상관은 없지만 말이다.

"근데 왜 내 방에 있어?"

뒤늦게 떠오르는 의문이다.

당연한 것이겠지만 현일과 맥시드는 같은 방을 쓰지 않았다.

굳이 비교하자면 김승수와 같이 쓰는 현일의 방이 네 명이 묵는 맥시드보다 더 좋은 것은 말할 것도 없다.

"치사하게 혼자서만 일등석 타고… 누군가의 비싼 방 좀 구경하고 싶었거든요. 마침 방 주인도 없고요."

확실히 맥시드의 방보다는 현일의 방이 더 좋았기에 그냥 그러려니 하고 납득했다.

어차피 비가 와서 밖에서 놀 수도 없으니 말이다.

"열쇠는 어디서 났고?"

"김 PD님께 부탁드렸죠."

"사고치지 말라고는 안 하시든?"

"저, 저를 대체 뭐로 보시는 거예요?"

"농담이야. 근데 왜 너 혼자야?"

"수영이는 뭐 사러 간다고 나갔고, 김 PD님은 몰라요. 그리고 나머지 둘은……"

"그래? 으~ 찝찝하네. 빨리 씻어야지."

현일이 민유림의 대답을 건성으로 들으며 젖은 몸을 씻기 위해 화장실 문을 열려는 순간이다.

"앗! 거긴 안 돼요!"

엄연히 빌린 며칠 동안은 자신의 방인데 어째서 욕실도 마음대로 못 가게 하는가.

그러나 그 의문은 곧 풀릴 수 있었다.

민유림이 잽싸게 튀어나가 현일을 제지하려 했으나 이미 욕실의 문은 활짝 열린 뒤였다.

"음? 채린이랑… 한지윤?"

몇 초 동안 방 안에 정적이 흘렀다.

마치 시간이 멈춘 듯했다.

그리고 현일은 그 몇 초 동안 천국을 보았다.

'죽으면 지옥에 갈 줄 알았는데… 이런 천상계가 존재하는 가!'

짙은 수증기와 함께 감싸인 달콤한 향기 속에서 두 여인의 새하얗고 성숙한 육신이 현일의 두 눈을 강타했다.

현일의 눈은 아주 자연스럽게 그것의 위아래(?)를 훑었다.

하늘에 맹세코 의도한 것은 아니었다.

그냥 눈이 저절로 움직였을 뿐이다.

진짜로.

"끼야아아아아악!"

이내 다시 시간이 흐르고, 웬 귀신의 비명과도 같은 소음과 함께 샴푸, 린스, 비누 등등이 날아와 현일을 가격했다.

"흑, 흐윽……."

"이, 이이! 변태!"

"자, 잠깐만!"

"뭐가 잠깐만이에요! 빨리 나가요!"

"알았어!"

쾅!

문 반대편에서 문을 걸어 잠그는 소리가 들린다.

'……'

*   *   *

[하와이와 라스베이거스에서 폭발적인 반응을 이끌어낸 사라 테일러의 'Pride'. 그녀의 곡을 작곡한 사람은… 의문 속으로……]

―사라 테일러는 클래식, 뉴에이지의 유망주로 촉망받는 뮤지션으로서, 그 이름에 걸맞은 무대를 선보였다. 이 달 하와이의 와이키키 쉘에서 처음 선보인 그녀의 'Pride'는 기립 박수와 엄청난 환호를 한 몸에 받고 라스베이거스의 MGM 그랜드 아레나에서 또다시 극찬을 받았다.

MGM 그랜드 아레나는 약 1만 7천여 명의 관객을 수용할 수 있는 라스베이거스 최대 규모 공연장으로 그동안 마이클 잭슨, 마돈나, 레이디 가가 등 세계 최고 아티스트의 콘서트가 열린 곳이다.

이번 공연을 계기로 사라 테일러는 바이올린으로 펼쳐지는 음악의 아름다움을 전 세계에 전할 것이며…….

[충격! 뉴에이지 음악계의 한 획을 그은 Pride! 그 위대한 곡의 작곡가는 '아시아의 수수께끼'.]

['Pride'의 작곡가는 누군가?]

―이번 MGM 그랜드 아레나의 공연이 끝나고 후에 이루어진 사라 테일러의 인터뷰에서 그녀는 Pride의 작곡가가 아시아의 한 실력 있는 사람이라고 밝혔으나 정확한 신상은 불문에 붙였다.

[캐나다 출신의 세계 최정상 아티스트인 사라 테일러, 운명적인 만남? 'Pride' 작곡가와의 관계는?]

―호놀룰루 공항으로 가는 비행기의 일등석에서 무료한 시간을 보내고 있을 때였어요. 그때 노트북으로 작곡에 열중하고 있는 그를 보았어

요. 뭐라고 할까. 그래요. 두 뮤지션의 운명적인 만남이라고나 할까요? 정말 실력 있는 작곡가였죠.

사라 테일러의 인터뷰 내용 중에서 발췌.

[GCM엔터테인먼트 최초의 아이돌! '맥시드'의 뮤비 티저 트레일러 선행 공개!]

[맥시드, 하와이에서 찍은 수영복의 그녀들! 도발적인 매력을 뽐내다!]

그 외에도 인터넷에는 현일과 관계된 수많은 기사가 실시간으로 도배되고 있었다.

Chapter 4
뮤지션이 되고 싶은가

"뭐가 그렇게 좋아요?"

하와이에서의 일주일이란 시간은 빠르게 흘렀고, 어느새 현일은 한국으로 귀국하여 회사로 출근했다.

잠시 콜라를 마시며 웹서핑을 하고 있는데 이지영이 연신 히죽거리는 현일에게 말을 걸었다.

"응? 뭐가?"

"자꾸 폰 화면 보고 실실 웃고 있잖아요."

"아, 이거 좀 봐봐."

현일의 폰을 넘겨받은 이지영이 화면을 보았다.

—GCM엔터테인먼트가 어디임?

ㄴ일단 인터넷 개통 축하드리고, 얼마 전에 새로 생긴 연예 기획사 있음.

—MMF라는 밴드를 처음 들었을 땐 그냥 한 번 반짝하고 조용해질 회사인 줄 알았는데 생각 외로 선전하네요.

ㄴ기본적으로 GCM 작곡가가 실력이 꽤 있음.

—헐, 쩌네. 님들, GCM은 오디션 언제 해요? 저 여기 들어가고 싶은데.

ㄴ아직 일정 잡힌 적이 없어요.

ㄴ그럼 지금 있는 가수들은 어떻게 들어감?

ㄴ그걸 제가 어떻게 앎? 회사에 전화해 보세요. 0X—XXX…….

—밴드, 솔로, 아이돌 그룹에 이어 뉴에이지까지 섭렵하네요. 저 회사는 신생인데도 작곡가 라인업이 엄청난 듯.

ㄴ다 같은 사람이 만든 노래임.

ㄴ허언 ㄴㄴ

ㄴ진짠데;;

—그 다양한 장르의 노래를 전부 다 한 사람이 만들었다고요? ㅋㅋㅋㅋㅋㅋ ㅋㅋ 차라리 류현진이 4번 타자로 나간다고 하셈 ㅋㅋㅋㅋ

ㄴ내일 류현진 홈런 칠 듯^^

점점 스크롤이 내려갈수록 그녀의 입꼬리가 슬며시 올라갔다.

"재밌긴 하네요."

"우리 회사도 이제 좀 유명해지는가 봐?"

"그런데 MMF나 하연 씨는 어디서 데려온 거예요?"

"왜?"

"그냥 댓글 보니까 저도 갑자기 궁금해지네요. GCM은 오디션 같은 거 한 적 없지 않아요?"

"MMF는 뮤직 홀릭이란 라이브 클럽에서 처음 만났고 하연이는 내 동생 여자 친구야."

"맥시드는 원래 SH에 있던 애들 데려온 거죠?"

"음."

"그래도 괜찮아요? 우리야 거기서 쫓겨났다고는 하지만, 자꾸 경쟁 회사 사람들 데려오면 별로 좋게 생각 안 할 것 같은데요."

"이미 우린 SH랑 척을 진 상태야."

"……."

"그러니까 뽑아 먹을 수 있는 단물은 다 빨아먹어야지."

"그럼 다음으로 그 회사에서 가져올 건 뭔데요?"

"글쎄?"

"…그건 그렇고, 우린 오디션 같은 거 안 해요?"

"했으면 좋겠어?"

"그렇다는 게 아니라, 원래 연예 기획사라면 하는 게 당연하잖아요."

현일은 이지영의 목소리에서 무언가를 기대하는 것을 알 수 있었다.

"그렇기야 한데, 왜? 오디션 심사 위원이라도 해보고 싶어?"

그에 이지영이 손사래를 쳤다.

"네? 제, 제가 언제 그런 말을 했다고요! 전 팀 3D 선배님들에 비해 음악도 잘 모르고, 경험도 적고… 현일 씨처럼 재능이 뛰어난 것도 아니고……."

"일단 오디션에 대해서는 한번 생각해 볼게. 그나저나 일주일 동안 뭐 만든 노래 있어?"

"아, 물론이죠. 이제 현일 씨가 검수만 해주시면 돼요."

"그래? 그럼……."

그때 바지 주머니 속에서 진동이 느껴진 현일은 전화기를 빼들고 화면을 보았다.

*　　　*　　　*

'최현일이라…….'

여자는 움직이는 차 안에서 뉴스 기사를 보며 마음속으로 중얼거렸다.

"성아야, 이번에 들어온 거 어쩔 거야?"

"이번에 들어온 게 어떤 건데?"

여자의 정체는 요즘 한창 최고의 인기를 구가하고 있는 희대의 여배우 김성아였다.

매니저와는 나이 차이가 그리 많이 나지 않아 말을 편하게

놓고 있었다.

20대 초반의 젊은 나이지만 어릴 때부터 꾸준히 아역 배우로서 성장해 연기력, 외모, 그리고 약간의 대외적인 인성까지 삼위일체를 겸비한 실력파 배우였다.

올해 연말 방송 시상식에서 그녀가 대상을 받는다고 해도 이의를 제기할 사람은 아무도 없을 것이다.

그런 그녀에게 들어오는 섭외 요청만도 하루에 수십 개에 달했다.

그러니 매니저가 어쩔 거냐고 물어봐도 알 길이 없었다.

"심종호 감독이 만드는 영화 있잖아."

"안 해."

"진심이야? 너 혹시 그 감독이 무슨 영화 만들었는지 모르는 건 아니지?"

"몰라."

"…너 예전에 태양열차 그렇게 재밌게 봤다며? 그리고 또 뭐냐. 그, 그… 밤의 신부랑 또 그거! 그래, 복덕방 소드마스터. 그거 다 심종호 감독이 만든 거잖아. 그래도 진짜 안 해?"

"응, 안 해."

심종호 감독은 전문가와 네티즌 평점이 최소 8점 이상인 영화만 만들 정도로 국내 영화계의 거장이었다.

그는 얼마 전 김성아를 기획 중인 신작 영화의 여주인공으로 캐스팅했다.

그런데도 그녀는 그런 거장이 만드는 영화에 출연하기를 거부하고 있는 것이다.

"대체 왜?"

"그 영화, 겨울에 강원도에 가야 된단 말이야. 왜 다른 좋은 곳 놔두고 굳이 그 추운 데로 가서 촬영해야 하는지 이해를 못하겠다니까. 게다가 배우는 얼굴이 생명이라고. 피부 건조해지면 어떡할 거야?"

"……."

이번 영화에 출연해서 대박 나면 김성아는 정말 정점의 인기를 손에 넣을 수 있을지도 모르지만, 매니저는 하기 싫다는 그녀를 굳이 타이르지 않았다.

어쨌거나 지금도 엄청난 인기를 구가하고 있고, 자신은 어디까지나 그녀를 위해 회사에 고용된 로드 매니저일 뿐이다.

회사에서 그 영화에 출연이 필요하다고 판단된다면 사장이 알아서 시킬 것이다.

결국 사장 입장에선 계약에 묶여 있는 이상은 그녀 또한 회사의 일개 직원일 뿐이다.

다른 직원들과 대우에 있어선 차이는 있겠지만.

체념한 매니저가 재차 입을 열었다.

"그럼 다른 걸 알아볼게."

"……."

"성아야, 내 말 들려?"

"아, 조용히 좀 해봐! 집중이 안 되잖아!"

"너 요새 시간 날 때마다 폰으로 뭘 보고 있더라? 뭐에 그렇게 관심이 생긴 거야?"

"노래."

"아, 요즘 그 노래가 제일 핫하다며? 좌, 우, 좌, 좌, 우~ 틀어줄까?"

매니저는 그렇게 말하며 내비게이션을 조작해 음악 방송을 틀었다.

마침 무대에서는 맥시드가 공연 중이었다.

─자꾸 왼쪽 오른쪽으로 흔들려~

"아니, 그 노래도 좋긴 한데 내 말은 듣는 거 말고 부르는 거."

"왜? 노래방 가고 싶어? 지금 스케줄이……."

"아니!"

"……."

"오빠, 내가 내 꿈 얘기해 준 적 있던가?"

"…가수?"

"응."

"왜 모르겠냐. 맨날 징징거렸잖아. '내 꿈은 연기자가 아니라 가수인데', '난 가수가 되기 위해서 이 기획사에 들어온 건데' 하면서. …잠깐… 너… 설마?"

매니저의 목소리가 차가워졌지만 김성아는 그저 무심히 말했다.

"어, 맞아. 그 설마야."

"그 설마가 뭔데?"

"가수로 전향할 거야."

"사장님이 화낼 텐데."

"그러라고 해. 허락 안 해주면 이 회사 나갈 거라고 전해 줘."

"…계약은?"

"상관없어. 나 돈 많으니까."

거짓이나 허세가 아니었다.

본업으로 벌어둔 돈뿐만이 아니라 그녀의 부모님은 상당한 부자였다.

사실 그녀가 지금의 인기를 얻게 된 것도 부모의 도움이 없다고만은 할 수 없었다.

그녀는 보고 있던 폰을 핸드백에 갈무리하고는 내비게이션을 가리켰다.

"그거 지금 생방송이지?"

"응."

"차 돌려. 방송국으로 가자."

                    *   *   *

맥시드는 음악 방송 리허설 준비 중이었다.

오늘은 맥시드가 정식으로 데뷔한 이후 첫 공식 생방송 무대에 서는 날이기 때문이다.

그런데 누군가가 급속도로 뜨게 되면 시기하는 사람이 있게 마련이다.

아니나 다를까, 마침 당일 스케줄이 겹친 김인선이 시비를 걸어오기도 했다.

"야, 넌 선배를 봤는데 인사도 안 하냐?"

그녀는 팔짱을 낀 채 '참 나' 하고 어이없다는 탄식을 내뱉으며 민유림에게 말했다.

"선배답게 행동을 해야 선배 대접을 하지. 안 그래? 그리고 말이야, 네가 왜 내 선배야? 연습생은 내가 먼저 됐거든?"

김인선의 얼굴이 굳었다.

"데뷔는 내가 먼저 했잖아!"

"겨우 하루 이틀 차이 가지고 무슨……."

"그래, 뭐 좋아. 네 말이 맞아. 언제 데뷔했냐가 중요하겠어? 결국 가수의 가치는 순위로 정해지는 거니까. 너네가 어디서 굴러먹던 회사로 도망갔는지는 몰라도 우리는 회사 이름만 보고도 지지해 줄 팬덤이 탄탄하거든."

"아, 그러셔? 그럼 걸스라인은 지금 차트 순위가 얼마나 되실까 궁금한걸."

김인선이 콧방귀를 뀌었다.

"흥, 우리 뮤직비디오 조회 수가 얼마나 되는지는 아시려나 모르겠네. 분명 차트도 최상위권을 달리고 있… 어야… 하는데?"

민유림이 입꼬리를 올리며 손을 내밀었다.

"나도 한번 보자."

"시, 싫어! 내가 왜 보여줘야 하는데?"

그에 민유림은 군말 없이 자신의 모바일로 수박 차트에 접속해 순위를 찾아봤다.

"뭐야? 메인 차트에서 보이지도 않잖아?"

SH에서 괜찮은 곡을 뽑아내면 빠른 시간에 메인 차트에 랭크되는 것이 일반적이다.

그런데 걸스라인의 노래는 최상위권은커녕 20위권에도 들지 못한 반면, 맥시드의 좌우는 주간 차트 상위권에서 밝게 빛나고 있었다.

이번 방송에 나가면 1위 자리도 노려볼 수 있을 것 같았다.

반면에 걸스라인은 데뷔 시기가 여러 가지 일로 너무 앞당겨진 탓에 준비가 덜 되었다.

노래부터 시작해 안무, 심지어 멤버들까지 급조된 팀이나 다름없었다.

아무리 SH가 팬의 수나 마케팅에서 우수한 위치를 차지하고 있다지만 대중은 바보가 아니었다.

가수의 기본이 '노래를 잘 부른다'라면, 노래의 기본은 '좋은 노래'여야 한다.

마케팅이고 뭐고 간에 노래가 좋지 않으면 대중은 듣지 않는다.

듣지 않으면 사지 않는다.

그러니 순위가 낮을 수밖에.

"이, 이럴 리가 없는데……."

그녀는 애써 그 사실을 부정하려 했지만 이게 현실이었다.

그렇게 당황하는 김인선을 통쾌하다는 표정으로 바라보던 민유림이 입을 열었다.

"그럼 이제 볼일 없지? 난 그만 가봐야겠네."

그리고 공연 당시 걸스라인과 맥시드의 관객들 환호 차이를 보고는 안 그래도 내려가 있던 꼬리가 아예 바닥에 붙어버렸다.

"후, 무대에 올라갔을 때 진짜 살 떨려서 죽는 줄 알았다니까."

"근데 막상 노래가 시작되면 또 긴장 풀리지 않아?"

"맞아, 맞아. 겁나 신기하다니까."

"흐흐흐, 우리 좌우좌좌우 이 파트 나올 때 관객들 따라 부르는 거 봤어?"

"봤지. 평소에 TV로 볼 때는 왜 따라 부르는지 이해가 안 갔는데 직접 가수의 입장에서 들으니까 되게 기분 좋더라."

"진정으로 우리의 노래를 좋아한다는 게 느껴지잖아."

"맞아."

맥시드는 공연 후 대기실에서 담소를 나누었다.

그러던 중 누군가 문을 노크하는 소리가 들려 민유림이 다가갔다.

"누구세요?"

문을 열자 나타난 것은 훤칠한 키, 아담하고 인형 같은 빼어난 얼굴, 뛰어난 패션 감각의 소유자인 묘령의 여자였다.

한마디로 군계일학.

그녀가 밝게 웃으며 입을 열었다.

"네가 민유림이구나?"

"네… 그런데 누구시죠?"

"김성아야."

"아! 설마… 그?"

"그 설마가 맞을걸."

김성아라는 말에 서로 속닥이고 있던 맥시드의 멤버들이 후다닥 문 앞으로 달려왔다.

민유림은 순간 자신이 바보 같았다는 생각이 들었다.

왜 처음 봤을 때 눈치를 못 챈 것일까.

그러나 그 의문은 그녀의 얼굴을 마주하는 순간 사라졌다.

TV로만 봐오던 모습과 실물의 차이가 실로 어마어마했기 때문이다.

여자인 자신조차도 빠져들 만큼 아름다운 그녀.

가히 경국지색이라 칭할 만했다.

맥시드는 이제 그녀 자신들도 연예인이지만 그녀를 본 순간 마치 한 차원 위에 있는 연예인을 보는 것만 같았다.

"저, 저… 팬이에요!"

"후훗, 그래? 이렇게 귀여운 후배들이 내 팬이라니 참 기쁜 걸. 사인은 나중에 해줄 테니 내 부탁 좀 들어줄래?"

"네? 네! 뭐든지 말씀만 하세요!"

"너희들 GCM엔터테인먼트 소속이지?"

"네!"

"그 GCM이라는 작곡가를 한번 만나보고 싶은데."

"잠시만요."

민유림이 휴대폰의 연락처를 열어 현일의 전화번호를 보여주었다.

아무한테나 타인의 개인 정보를 보여주면 안 되겠지만 김성아는 아무나가 아니었다.

"고마워, 나중에 식사라도 같이하자."

"네!"

기약조차 없는 약속이지만 뭐 어떤가.

그녀들은 힘차게 대답했다.

어쨌든 현일의 연락처를 넘겨받은 김성아는 맥시드가 그녀에게 내민 앨범에 사인을 해준 뒤 곧장 다음 스케줄이 있는 방송국으로 출발했다.

중간에 다른 길로 새긴 했지만 매니저의 출중한 운전 실력으로 시간에 맞춰 스튜디오에 도착한 김성아.

이번 촬영은 바로 국내 어딘가에 있는 숨겨진 기인들을 찾는 프로그램이었다.

평균 시청률 15%를 자랑하는 방송이지만, TV에서는 언제나 가장 재밌는 부분만 편집되어 송출되는 법.

어쩌다 한 번씩 웃음이 터질 때도 있지만 그것도 한순간이다.

그리고 계속해서 이어지는 지루함의 연속.

한 사람 한 사람이 저마다 자신은 특별한 재주를 가지고 있다며 무대에 나와 자랑을 해대지만 김성아는 그저 하품만 나올 뿐이다.

"하아, 따분해."

그녀는 카메라 앞에서 지겹다는 티를 팍팍 냈지만 상관없었다.

어차피 편집될 테니까.

'빨리 나가라, 제발. 넌 탈락이라고!'

기어코 탈락된 출연자가 쓸쓸하게 스튜디오를 벗어나자 요즘 한창 대세인 MC가 다음 출연자를 소개했다.

—자! 다음은 7옥타브까지 올라간다는 초절정 고음역대의 소유자! XXX 씨를 모시겠습니다! 박수로 맞아주세요!

　XXX 씨가 선택한 곡은 바람기억.

　그가 노래를 부르기 시작하자 방청객에서 '오오!' 하며 감탄사가 터져 나왔다.

　김성아의 옆에 앉아 있는 인기 연예인은 물론이요 그녀 자신의 눈까지 커졌다.

　"노래 부른 지 얼마나 되셨어요?"

　"그거야 어릴 때부터 불렀죠. 노래를 부르는 건 누구나 좋아하지 않습니까?"

　"왜 가수 안 하신 거예요?"

　"전 사실 제가 이렇게 노래를 잘한다는 걸 몰랐어요. 노래방에 갈 때마다 잘한다는 말은 많이 들었지만 내심 가수에 비할 바는 아니라고 생각했거든요."

　"그 곡을 선택한 이유는 뭔가요?"

　"그 가수를 원래부터 좋아했거든요."

　"오늘 출연을 결심한 계기는 무엇입니까?"

　"주변 사람들의 권유로 나오게 되었어요."

　노래가 끝나고 튀어나오는 옆 사람들과 MC의 질문 공세.

　7옥타브는 누가 봐도 과장이지만, 상당한 실력의 소유자임은 분명했다.

　장장 다섯 시간의 촬영이 끝나고 녹초가 되어 집으로 돌아온 김성아는 방에 들어오자마자 씻지도, 옷도 갈아입지 않고 침대에 누웠다.

폰을 조작해 'GCM'이라 등록된 연락처를 하염없이 바라보았다.

마치 보고 있으면 뭐라도 나올 것처럼.

자신의 유명세와 인기를 이용해 맥시드에게서 연락처는 따냈지만 어째선지 선뜻 통화 버튼에 손가락이 닿지가 않는다.

'저 가수로 전향할게요'

'저 배우 말고 다른 거 할래요.'

'저 한동안 쉬고 싶어요.'

'연기 따윈 그만둘⋯⋯.'

그녀는 애써 고개를 세차게 흔들어 상념을 털어냈다.

'사장님한테 뭐라고 하면 좋지?'

부모님껜 뭐라고 말씀드려야 하나?

최현일이란 작곡가에게 전화를 걸면? 그리고 찾아가면? 뭐라고 해야 할까?

'이제 연기는 잠시 접어두고 가수가 되기로 했어요. 노래 하나만 주실 수 있나요?'

그녀가 자신의 기억 속에서 찾아낸 것은 다름 아닌 그 노래 잘 부르던 XXX 씨였다.

─우리의 믿음~

전신 거울 앞에 서서 어떻게든 따라 불러보지만 보컬 트레이닝 한 번 받아본 적 없는 그녀로서는 당연히 그처럼 부를 수 없었다.

결국 한숨을 내쉬고 다시 침대에 엎어져 그저 눈을 감고 상상해 본다.

무대 위에 서 있는 것은 김성아.

XXX 씨의 모습을 자신으로 바꾸고 스튜디오는 꽤 그럴듯한 무대로 바꾸었다.

'관객은 대략… 음… 10만 명이 좋겠어.'

어마어마하다.

수십 명의 출연자가 나오는 드라마나 영화와는 달리 10만 명이라는 군중이 오로지 자신 한 명의 공연을 보기 위해 공연장에 온다.

10만이라는 숫자의 시너지에서 터져나오는 거대한 함성, 격렬한 환호.

김성아는 그런 것을 꿈꿔왔다.

그리고 그것이 정말로 눈앞에 다가왔다.

'…꿈이었구나.'

참으로 행복한 꿈이었다.

전화기를 들어 시간을 보니 이미 아침 8시.

달콤한 꿈은 순식간에 지나갔는데 눈을 뜨니 한참 미래로 와 있었다.

'6시에 스케줄 있었는데……'

생애 처음으로 낸 방송 펑크.

부재중 전화가 수십 통이다.

'아, 모르겠다.'

소속사 사장과 돈독한 관계를 유지하고 있는 아버지께 자초지종을 이야기했다.

당연히 아버지는 노발대발했지만 '여태껏 말 잘 듣는 착한 딸이었잖아요. 이번 한 번만이라도 제가 원하는 대로 하게 해 주시면 안 돼요?' 하는 딸의 간곡한 부탁을 들어줄 수밖에 없었다.

그렇게 김성아는 현일에게 전화를 걸었다.

현일의 전화기 화면에 모르는 번호가 찍혀 있다.

'설마 또 기자들은 아니겠지?'

여기저기에서 온 전화 공세에 시달리던 현일은 최근 전화번호를 바꿔 버렸다.

한데 또 누군가가 바뀐 전화번호를 알아내서 전화를 하는 거라면 이젠 아예 개인 정보를 누가 알려준 건지 찾아내서 고소할지도 모른다.

"여보세요?"

—GCM 작곡가님 전화가 맞나요?

"맞습니다."

현일은 빙긋 미소를 지었다.

이름을 불러주는 것도 좋지만 'GCM'이라는 이름엔 나름 작곡가로서의 자부심이 깃들어 있었다.

현일은 전화기 너머 상대방에게 약간의 호감이 생겼다.

둘은 서로를 소개한 후 본론으로 들어갔다.

—지금 시간되시나요?

"네, 됩니다."

—그럼 바로 갈게요.

전화를 끊자 이지영이 얼굴에 의문을 띠며 물었다.

"누구예요?"

"김성아."

"김성아? 가수 중에 그런 이름이 있던가요?"

이지영은 머릿속으로 곰곰이 생각해 봤다.

당장 김성아라면 떠오르는 사람이 있긴 하지만 그녀는 배우이다.

작곡가를 만날 일이 없었다.

"네가 생각하는 그 사람이 맞을걸."

"누구요?"

"그 배우 생각하고 있는 거 아냐?"

"…에이, 설마요. 농담인 거 다 알아요."

"진짠데."

"거짓말."

"그럼 오면 확인해 봐."

그렇게 투덕거리며 기다리고 있으니 김성아가 찾아왔다.

당연히 이지영은 진짜 김성아라는 사실에 놀랄 수밖에 없었고, 그녀의 모습을 보고는 자신의 작업실로 들어갔다.

현일은 자리에 앉은 뒤 김성아의 찻잔에 영국산 홍차를 부어주며 입을 열었다.

"무슨 일로 찾아오셨습니까?"

그녀가 슬며시 미소를 지으며 말했다.

"무슨 일이요? 작곡가를 찾아오는데 작곡 의뢰 말고 별다른 일이 있을까요? 노래 하나 뽑아주셨으면 하고 찾아왔죠."

현일은 어깨를 으쓱했다.

"그거야 그렇지만 그쪽은 가수가 아니라 배우이신 걸로 알고 있습니다만, 제가 TV 속 인물을 다른 사람으로 착각한 걸까요?"

"아니요. 똑바로 보셨어요. 전 가수로 전향할 생각이에요."

그러면서 그녀는 자신이 그렇게 결심하게 된 계기를 설명해주었다.

어릴 때부터 꿈이었고 원래 가수가 되기 위해 기획사에 들어갔는데 배우가 될 수밖에 없었다는 이야기였다.

"그렇군요. 그런데 하고 많은 작곡가 중에 하필 저를 찾아오신 이유가 뭡니까? 다른 유능한 작곡가도 많지 않습니까?"

그게 바로 현일이 궁금한 것이었다.

김성아는 차를 한 모금 들이켠 뒤 생각보다 향긋한 차 내음과 깊은 맛에 감탄하며 입을 열었다.

"물론 그렇지만 다른 작곡가들은 다 저 잘났다는 걸 알거든
요. 그리고 저도 연예인인 만큼 연예 뉴스에 민감하게 반응하
죠. GCM 님은 신인이신데도 기성 작곡가와도 견줄 수 있을 만
큼 뛰어나요. 전 사라 테일러라는 뮤지션이 있다는 것도 그쪽
덕분에 얼마 전에 처음 알았어요."

현일은 고개를 끄덕였다.

현재 사라 테일러는 우리나라에서는 비주류로 취급되는 음
악에 몸담고 있음에도 불구하고 이미 한국에서 알아주는 스타
가 되어 있었다.

길거리에서나 각종 방송에서 그녀의 'Pride'가 수시로 들려오
는 것은 말할 것도 없다.

아무튼 그녀의 말을 간단하게 요약하면 난 인기 여배우니까
알아서 잘 처신하라는 뜻이었다.

바야흐로 참교육이 필요할 때였다.

"그럼 김성아 배우님이 특별히 좋아하는 장르가 있습니
까?"

"발라드나 락발라드 좋아해요."

"락발라드요? 그런 장르는 없는데요."

"하 참, 작곡가가 그런 것도 몰라요? R&B잖아요."

"그건 리듬 앤 블루스라고 하죠."

의외로 그녀와 같은 착각을 하는 사람이 많다.

그녀는 음악을 들을 줄만 알지 음악에 대해서 잘 알지는 못했다.

배우이기에 잘 알 필요도 없겠지만.

원래 R&B는 1940년대쯤 흑인들이 즐겨 부르던 음악인데, 흔히 R&B 가수들의 가창력이 폭발할 때 '흑인 소울'이라고 하는 이유가 그것에 있었다.

"……."

현일은 찻잔을 탁자에 탁 하고 내려놓았다.

"김성아 배우님, 가수가 되고 싶다고 하셨죠? 상당히 어릴 때부터 아역 배우로 활동한 것으로 아는데… 지금은 제가 이렇게 배우님이라 불러드리면서 대접해 드리고 있지만, 당신이 가수로서 저를 만날 땐 제가 선뱁니다."

"그, 그건……."

"아까 저에게 노래를 뽑아달라고 하셨죠? 당신은 보아가 아닙니다. '가수 지망생'으로서 저에게 노래를 받아가야 하는 입장인 겁니다."

"……."

"제가 노래 한번 불러보라고 하면 이 자리에서 부를 수 있어야 되고, 연습하러 오라 하면 와야 하고, 다시 하라고 하면 다시 해야 하고. 기성 작곡가? 그들이 가수한테 이래라저래라 하는 이유가 달리 있겠습니까? 그냥 그렇게 해야 되니까 그런 거죠."

현일의 말에 그녀는 시선을 떨구고 양손으로 무릎을 부여잡 았다.

그녀는 마치 아버지한테 꾸중을 듣는 기분이 들었다.

현일에게서 알 수 없는 인생의 연륜이 느껴졌다.

그 옛날 연습생이던 시절로 다시 돌아간 것 같았다.

"…알아요."

그녀도 알고 있었다.

세상에 쉬운 일 따윈 없다는 것을.

캠코더 앞에 앉아 인터넷에서 얼굴 팔아 불특정 다수에게 돈을 뜯어내는 여자들도 있긴 하지만 사실 인터넷에서 대놓고, 그것도 어디 사는 누군지도 모르는 사람들에게 자신을 드러낸 다는 것도 대단히 용기가 필요한 일이다.

얼굴 예쁜 것도 나름 재능이라면 재능인 거고, 그들도 나름 의 고충 하나쯤은 안고 살고 있을 것이다.

"어떡하실래요?"

"네?"

"지금도 충분히 멋진 인생을 살고 계시잖아요. 출연하신 작 품들 잘 봤어요. 아, 특히 고등학생 때 주연으로 나온 '전교 꼴 등에서 전국 1등까지'가 정말 재밌었어요. 마치 실제 경험을 그 대로 옮겨놓은 것 같다고나 할까요? 하하하!"

그녀의 입꼬리가 살짝 올라갔다.

"고마워요."

작품을 칭찬해 주고 상대와 공감대를 형성한다.

그리고 농담을 던져 상대의 기분을 풀어주는 것은 살면서 익힌 대화의 기술이다.

현일이 말을 이었다.

"아무튼 당신은 국내 최정상급 여배우. 누구나 부러워하는 멋진 인생을 살고 있어요. 그럼에도 성아 씨는 그 공든 탑을 애써 자신의 손으로 무너뜨리고 첫 계단부터 다시 오르려고 하시는 거예요."

물론 그녀의 이름값이 존재하기 때문에 여타 다른 가수와는 시작점이 다르다.

그러나 이곳은 철저하게 무한히 경쟁해야 하는 던전과도 같은 사회.

출발점이 저만치 앞서 있어도 달리지 않으면 뒤처지는 법이다.

"각오하고 있어요."

"좋습니다."

현일은 그 말과 함께 김성아를 연습실로 데려갔다.

"그럼 노래 한번 불러보세요."

"무슨 노래요?"

"그냥 아무거나 좋아하는 것, 자신 있는 거면 돼요."

갑작스러운 요구에 김성아는 살짝 놀랐으나 곧 마음을 차분히 가라앉히고 목을 가다듬었다.

"크흠! 그럼 시작할게요."

노래를 부르는 1분 동안 그녀의 실력은 대충 판가름이 났다.

"잘 들었습니다."

그녀의 눈이 번쩍 뜨였다.

"괜찮은가요?"

"딱 기획사에 막 들어온 연습생 수준이네요."

"아니, 저 이거보다 잘했어요. 좀 긴장해서 그렇지 다시 하면……."

그러나 현일이 고개를 저었다.

"아뇨. 그러실 거 없습니다."

"왜죠?"

"갑자기 사람이 앞에 있으면 막 긴장되고, 떨리고, 잘 안 되고 그렇죠? 노래방에서야 그냥 즐기는 느낌으로 편하게 부르는 거지만, 나는 작곡가이고 너는 가수 지망생이니 나에게 심사를 받아야 되는 입장이잖아."

현일은 물 흐르듯 자연스럽게 말을 놓았지만 김성아는 전혀 신경 쓰지 않았다.

애초에 자신이 더 어리기도 하고 가수로 만들어줄 수 있다면 그 정도쯤이야 아무것도 아니었다.

"…네."

"그게 너의 진짜 실력이야. 타인 앞에서 부를 때가 진짜 실력인 거라고. 혼자서 부르는 건 가짜야."

"……."

"근데 그런 거 다 필요 없어."

"네?"

"사실 우리 회사엔 프로듀서가 없어. 그래서 내가 종종 그 역할을 하긴 하지만, 어쨌든 난 기본적으로 작곡가이고."

김성아의 표정이 멍해졌다.

프로듀서 하나 없는 연예 기획사가 말이 되는가.

"그런 게 가능해요?"

"잘 되고 있잖아?"

그렇게 말하니 과연 고개를 끄덕일 수밖에 없었다.

GCM엔터테인먼트가 통째로 그 증거였다.

"어떻게요?"

"프로듀서는 가수가 노래를 부를 수 있게 만들어주지만 난 네가 부를 수 있는 노래를 만들어줄 거야. 그것도 이 세상에서 오로지 너만 잘 부를 수 있는 노래로."

여타 작곡가와 현일의 차별점이 바로 그것이었다.

다른 기획사에선 가수를 노래에 맞추지만 현일은 노래를 가수에게 맞추는 것이 가능했다.

최대한 빨리 이익을 내기 위해 미완성된 아이돌을 어떻게든 안무만 익혀서 내보내 립싱크를 시킬 필요도 없었다.

그렇다고 연습이 필요 없다는 뜻은 아니다.

"거짓말하지 말아요. 오직 저만 부를 수 있는 노래라니, 내

평생 그런 말은 들어본 적이 없어요."

현일은 물론 그게 가능했지만 굳이 그걸 입 아프게 설명해 줄 필요는 없었다.

"말이 그렇다는 거지. 그냥 네가 불렀을 때 네게 제일 잘 어울리는 노래를 만들어준다는 뜻이야."

"…그런가요. 고마워요. 그럼 언제쯤 가능한지 알 수 있을까요?"

"언제 데뷔하고 싶은데?"

"네?"

"그걸 알아야 나도 시간을 맞출 거 아냐?"

"당장이요!"

"좋아, 그럼 내가 발로 뛰라고 하면 발로 뛰어야 돼. 알았지?"

"네."

십수 년 경력을 가진 인기 여배우인 그녀는 마치 막 데뷔를 앞둔 신인 연습생처럼 좋아했다.

그러나 사실 지금 현일이 할 일은 별로 없었다.

작곡이야 원래 자신이 해야 할 일이고, 마케팅이나 언론 플레이도 일절 손댈 필요가 없었다.

그녀의 소속사가 다 알아서 해줄 테니까.

현일은 좋은 노래를 만들어주기만 하면 된다.

"그럼 난 지금부터 자료 조사를 해야 하니까 네가 날 도와줘야 해."

"자료 조사요?"

김성아가 의아해했다.

그녀가 상상한 작곡가의 이미지는 믹서와 같은, 무언가 조작하는 스위치와 버튼은 아주 많으면서도 정작 사용하는 모습은 보지 못하는 그런 희한한 음향 기계에 둘러싸인 공간에서 모니터와 씨름하는 사람이다.

그리고 실제로 여기의 작업실엔 그런 기계가 많았다.

"그런 게 있어. 작곡가라고 맨날 죽치고 앉아서 공상만 하는 건 아냐. 발로 뛸 때는 뛰어야 한다고."

김성아가 어깨를 으쓱했다.

"알았어요, 어떻게 도와주면 되죠?"

"다른 배우들이나 프로듀서를 좀 만나보고 싶은데, 가능하겠지?"

"당연하죠. 제가 누군데요. 헤헤."

"그럼 지금 바로 가자."

"알았어요."

그렇게 김성아와 함께 사무실을 떠나는데 반가운 얼굴을 만났다.

"엇, 안녕하세요?"

이하연이 허리를 꾸벅 숙이며 현일에게 인사하고는 옆에 있는 사람은 누구냐는 듯 바라봤다.

"어, 왔구나. 열심히 해."

"네… 그런데 현일 오빠, 되게 능력 있으시네요!"

"음? 뭐, 내가 여러 분야에서 재능이 좀 있긴 한데, 무슨 소리야?"

"어라? 옆에 분은 여자 친구 아닌가요?"

그에 얼굴이 새빨개진 김성아가 마구 손사래를 쳤다.

"아, 아니에요! 절대로 아니에요!"

'내가 그렇게 싫은 타입인가?'

그런 김성아를 보며 현일은 쓴웃음을 지었다.

그런 거 아니라고 한마디면 될 걸 굳이 저렇게까지 격하게 부인할 필요가 있는가.

"아, 그렇다면 죄송해요. 그런데 우리 혹시 구면인가요?"

"아닐걸요."

"어디서 본 것 같은데……."

"내가 소개할게. 이쪽은 이하연. 우리 회사 초창기 멤버야."

"뵙게 돼서 반가워요, 하연 씨."

"그리고 이쪽은 김성아. 전직 배우였으나 지금은 가수 지망생이지."

그 말을 들은 이하연은 몇 초 동안 다소 충격적인 사실을 접했을 때 으레 일반적으로 보이는 반응을 그대로 보여주었다.

아무튼 현일은 잘됐다고 생각했다.

내심 가사를 어떻게 써야 할까 고민하던 찰나였는데 타이밍 좋게 적당한 사람이 나타난 것이다.

"하연아."

이윽고 현일은 아직 흥분이 가라앉지 않은 이하연을 불렀다.

"네?"

"실제로 만나보니까 어때?"

"절 알아보시고 선배님이 사인도 해주시다니! 정말 기분 좋은 걸요!"

"다음에 만났을 때는 네가 선배가 될 거야."

"네?"

무슨 영문인지 모르겠다는 이하연에게 현일이 친절히 설명해 주었다.

잠자코 듣고 있던 그녀가 고개를 끄덕였다.

방금 전 들은 이야기가 있기에 이번에는 조금밖에 놀라지 않았다.

"그런 일이 있었군요."

"네가 성아가 받을 노래 가사 좀 써줄래? 어떻게 써야 할지 플롯은 내가 전달해 줄게."

그러자 화들짝 놀란 그녀가 자신을 가리키며 되물었다.

"제가요? 정말요?"

"어. 기왕이면 노래 부르는 방법도 가르쳐 주고."

"그래도 괜찮아요?"

현일은 이하연의 어깨에 두 손을 얹고 진지한 목소리로 말했다.

"하연아, 넌 우리 GCM엔터테인먼트의 1호 가수이자 간판과도 같은 존재야. 그런 사람을 놔두고 다른 누가 하겠어?"

"가, 감사합니다!"

이하연은 허리를 꾸벅 숙였다.

"감사하기는… 오히려 내가 감사하지."

한시름 덜게 해주었으니 말이다.

현일이 말을 이었다.

"그런데 최대한 빨리 써줄 수 있어? 가능하다면 오늘까지 써줬으면 좋겠는데."

작사가 절대 쉬운 일은 아니다.

그러나 여태까지 이하연을 봐왔고, 그녀는 자신의 노래 중 거의 대부분의 가사를 본인이 직접 썼다.

아무래도 그쪽으로도 재능이 있는 것 같았다.

그렇기에 그녀를 믿는 마음이 컸다.

"으음……."

"안 되면 천천히 해도 되고."

"아니요! 최선을 다해볼게요!"

"땡큐!"

그렇게 현일과 김성아는 이하연과 헤어지고 차에 올라탔다.

차의 시동을 걸고 있는 현일에게 김성아가 물었다.

"그런데 누굴 만나러 가시려고요?"

"지금 별로 바쁘지 않을 것 같은 사람 중에 아는 사람 없어?"

"음, 그렇게 말씀하시니 잘 안 떠올라요. 너무 두루뭉술하잖아요."

가만히 생각하던 현일은 좋은 생각이 떠올랐다.

"너 앞으로 드라마 하나 정도는 더 출연할 수 있겠지?"

"가능은 한데… 왜요?"

"그냥 심심해서."

현일은 오늘 날짜를 확인해 보았다.

"안녕하십니까."

"예."

"말씀 많이 들었습니다. 요즘 떠오르는 작곡가라고 시도 때도 없이 뉴스에 올라오곤 하던데 얼굴을 보는 건 처음이군요. 한데 저를 찾으신 이유가 무엇인지……"

지금 현일의 앞에 있는 사람은 김성아의 주선으로 만나게 된 문명준 프로듀서였다.

그는 '문명준의 권력 3부작'이라는 아이디어로 세 편의 드라마를 만들게 되는데 그중 하나가 검사 박정훈이다.

검사 박정훈은 급성 불치병으로 인해 약 반년 정도밖에 못

살 거라는 의사의 시한부 선고를 받는 부패한 비리 검사 박정훈의 이야기를 그린다.

그는 자신에게 남은 마지막 6개월 동안 정신을 차려 자신의 과거를 뉘우치고 그 위의 더 큰 부패한 권력과 맞선다는 매력적인 시놉시스의 월화 드라마이다.

그리고 현일은 이 드라마의 파워가 얼마나 대단한지 아주 잘 알고 있었다.

마치 어딘가의 인터넷 사이트에서 유행하는 현대 판타지 소설처럼 초능력을 가진 주인공이 남들이 절대 해결하지 못하는 사건을 해결하지도, 먼치킨의 활극을 그린 것도 아니고 결국 주인공은 병을 극복하지 못하고 죽게 되는 비극적인 결말이다.

그러나, 자신의 과오에 대한 신의 천벌이라 겸허히 받아들이며 안 그래도 정부와 권력에 대한 반감이 짙은 이 시대에 그야말로 권력 그 자체라 할 수 있는 검찰총장과 장차관급 인사들을 감방에 집어넣는 통쾌한 이야기를 그렸기 때문이다.

그리고 마지막 편인 20회의 시청률은 무려 48.1%.

인터넷으로 보는 사람도 많고 다운 받아 보는 사람도 많은 현대에서 48.1%이면 완전히 초대박 작품이다.

방영 시간이 7시였는데 월요일, 화요일 7시만 되면 중간 광고비가 1초에 150만 원이었으니 말 다 한 거다.

그러나 한 가지 문제가 있었는데 바로 전작들의 연이은 실패로 인해 그의 프로듀서로서의 데뷔작 말고는 딱히 주목받는 작품이 없었다는 점이다.

그렇기에 주력 투자자들에게서 외면당해 제대로 된 투자를 받지 못하고 있는 실정이었다.

결론적으로 아쉽게도 문명준 프로듀서는 자신이 원하는 배우를 쓰지 못했다.

배우를 누구로 쓰느냐에 따라 제작비가 천차만별로 달라지는 업계 특성상 어쩔 수 없는 일이기도 했다.

또한 그것이 현일이 김성아에게 이 사람을 만나게 해달라고 부탁한 이유이기도 했다.

다행히도 그녀의 익히 알려진 명성 덕분에 문명준을 만나는 것은 어렵지 않았다.

"아, 저도 문명준 씨 이야기는 들어봤습니다. 꽤 흥미로운 소식을 전해 듣고 우리의 사업에 관한 이야기를 나누고 싶어서 이렇게 찾아뵙게 되었습니다."

그에 문명준이 눈을 번쩍 뜨고 되물었다.

"저를요?"

"정확히는 문명준 씨가 기획하고 계시는 드라마에 대해서 말입니다."

"그거에 대해서 알고 계십니까?"

"예. 성아 씨에게 들었습니다."

현일이 옆에 가만히 앉아 있는 성아를 턱짓으로 가리키며 말했다.

그러자 문명준은 잘 알겠다는 듯 고개를 끄덕였다.

그도 그럴 것이, 문명준은 주인공의 후배 검사 역으로 김성아를 캐스팅했기 때문이다.

물론 제작비가 부족하다 보니 짜다 못해 쓴 로열티 문제로 거절당했겠지만.

하여튼 문명준은 어느새 온갖 푸념을 늘어놓고 있었다.

"…뼈아픈 실패를 경험했습니다. 이번엔 정말 자신이 있는데도… 투자……."

"그걸 제가 해결해 드리고 싶어서 온 겁니다."

"네, 당연히 그러시겠… 네?"

"제가 제작비를 지원해 드리겠습니다."

"사장님!"

"그냥 작곡가라고 호칭해 주세요. 그리고 이 손 좀 치워주시면 안 될까요?"

그러자 문명준은 기꺼이 두 손으로 부여잡은 현일의 손을 놓았다.

"그, 그럼 투자금은 어느 정도……?"

"일단 30억 드리겠습니다. 부족하다면 더 드릴 용의도 있습니다."

순간 문명준은 자신의 귀를 의심했다.

혹여 눈앞의 이 사람이 사기꾼인가 의심이 들었지만 김성아가 신분 보증을 해주고 있는 상태이다.

더 이상 의심할 여지가 없었다.

그는 환희에 휩싸였다.

'드디어 내 인생에도 빛이 드는구나!'

현일이 진지한 표정으로 말을 이었다.

"대신 조건이 있습니다."

Chapter 5
OST의 품격이다

현일의 조건 여하에 따라 희비가 엇갈리게 된다.

문명준은 침을 꿀꺽 삼키고 조심스레 입을 열었다.

"…뭐죠?"

"제가 이 드라마의 음악감독을 맡고 싶습니다."

문명준은 놀라서 말도 안 나오는지 침음을 흘렸고, 김성아의 얼굴은 경악으로 물들었다.

"으음……."

"지, 진심이에요?"

"그럼 당연히 진심이지. 왜 쓸데없이 이런 농담을 해?"

"그건… 솔직히 좀 힘들지도 모르겠습니다."

"위의 총괄 프로듀서라면 음악감독쯤은 원하는 사람을 임명할 수 있지 않습니까? 그 정도 재량은 있을 텐데요?"

"물론 그렇지만… 정말 마음대로 할 수 있는 건 잔뼈가 굵은 선배들뿐이고, 아무래도 제가 함부로 결정할 사안이 못 됩니다."

"음, 혹시 콜라 있습니까? 잠깐 목 좀 축이고 생각 좀 해야겠습니다."

"아, 예. 어이! 거기 콜라랑 커피 두 잔 가져와!"

"넵!"

이내 따끔따끔하고 달달한 액체가 목구멍 속으로 들어가자 차분히 생각하던 현일이 입을 열었다.

"우리 회사가 최대 스폰서가 되면 어떻습니까?"

"이미 최대 스폰서이십니다. 작곡가님께서 투자를 하신다면."

"그렇다면 현재 저를 제외한 최고 투자금은 얼마죠?"

"16억 정도 됩니……."

"50억 드리겠습니다."

옆에서 잠자코 듣고 있는 김성아의 눈이 더 이상 커질 수 없을 만큼 커졌다.

'이럴 줄 알았으면 나도 출연하겠다고 할 걸 그랬나?'

단순히 로열티 문제도 있지만, 제작비에 허덕이면 결코 좋은 작품을 만들 수가 없는 것이 상식이다.

투자자들의 압력으로 인해 스폰서 광고하기에 급급한 졸작이 돼버릴 공산이 컸다.

한데 이미 지원을 받은 16억과 현일이 제안한 50억이면 사실 드라마 하나를 만드는 데 큰 무리가 없는 금액이다.

당장에라도 시작할 수가 있는 것이다.

"저야 황송합니다만 실례가 되지 않는다면 이렇게까지 하시는 이유를 알 수 있습니까?"

"그냥 시놉시스를 듣는 순간 '아! 이 작품이다!' 하고 촉이 왔습니다."

"그냥 감이란 말씀이신가요?"

"작곡가는 감 없이 제대로 먹고 못 살죠."

그러자 문명준은 쉽게 수긍했다.

사실상 현일이야 이 드라마가 성공한다는 걸 알기에 돈을 더 달라고 해도 안 줄 이유가 없었다.

"알겠습니다."

이유야 어찌 됐든 투자를 받고 그 돈으로 좋은 작품을 만들면 된다.

현일에게 이건 기회 이상의 의미가 있었다.

단순히 인기 드라마에 삽입될 노래를 작곡하는 수준이 아니었다.

'검사 박정훈'은 나중에 현일이 다양한 분야로 손을 뻗칠 발판이 되어줄 것이다.

"음악감독… 을 건의해 보도록 하겠습니다. 금액이 금액인 만큼 반대하는 사람은 아마 거의 없을 거고요. 그러나 작곡가님의 실력은 익히 들었습니다만, 아무래도 작곡가님께서 많이 젊으시다 보니 무시하는 사람이 없지는 않을 겁니다. 또한 이쪽 음악은 평소 하시던 음악과는 많이 다르다는 것도 감안하셔야 합니다."

"하고 싶은 말이 정확히 뭡니까?"

"솔직하게 말씀드리자면 크게 기대는 않겠습니다. 그리 좋은 음악이 아니어도 괜찮으니 그냥 최선을 다해주세요."

뮤지션은 음악으로 말한다.

실력으로 직접 증명하면 된다.

"그럼 이건 어떻겠습니까?"

현일이 운을 띄우자 문명준이 흥미를 보였다.

"이런 거라 하심은?"

"시나리오는 모두 직접 쓰시는 거죠?"

"그럼요. 사실 제가 학창 시절 꿈이 작가였습니다. 제 자랑 몇 개 늘어놓자면 언론사에 시를 써서 투고해서 상금도 받았고, 지상파 드라마 시나리오를 투고해서 대상을 탄 적도 있습니다."

"그게 바로 골드 엠페러겠군요."

골드 엠페러는 문명준의 데뷔 작품으로 큰 성공을 거두었다.

지금 그를 후원하고 있는 투자자들도 그런 그의 재능을 믿고 투자하는 것이다.

다시 말해, 과거의 영광으로 현재를 먹고사는 사람이었다.

"네. 그리고 지금 제가 이렇게 드라마 프로듀서가 된 계기 중하나이기도 하고요."

"그렇군요. 어쨌든 다시 본론으로 들어가서 문 PD님께서 시나리오나 대본 같은 걸 주시면 곡을 하나 써 드리겠습니다. 제역량이 어떤지는 직접 판단하시는 게 서로 간에 편할 것 같군요."

"좋습니다. 어떻게 드리면 될까요?"

"이메일로 보내주십시오. 아, 그리고 제가 투자자라는 사실은다른 사람들에게 비밀로 해주세요."

"어째서죠?"

"아무래도 투자가가 직접 음악감독을 하고 있으면 스텝들이부담스러워하지 않겠습니까?"

"훌륭한 생각이긴 합니다만 위의 CP가 모를 수가 없을 텐데요?"

CP는 치프 프로듀서를 일컫는다.

방송국이 드라마 제작사에 외주를 맡기거나 제작사의 프로듀서가 기획서를 방송국에 돌리면 CP는 그걸 승인할지 말지를결정하는 높은 직책의 사람이라고 보면 된다.

"CP야 알아도 상관없습니다. 촬영장에 출근하실 분은 아니니까요. 제작에 직접적으로 참여하는 사람들만 모르게 하면 됩니다. 그리고 투자자의 명의는 제가 아닌 다른 사람 이름으로 들어갈 겁니다."

"누구죠?"

"한준석입니다. 직접 만나보셔도 좋습니다."

현일의 대답을 들은 문명준이 웃으며 고개를 끄덕였다.

"알겠습니다."

그리고 김성아를 바라보았다.

"이제 개런티는 해결된 것 같습니다. 제가 저번에 제의한 거 다시 생각해 보셨나요?"

그러자 그녀는 현일의 눈치를 봤다.

"해."

"그렇게 쉽게 결정하는 거예요? 정작 결정하는 건 전데 제 의사는 물어보지도 않고?"

그녀의 작 중 배역은 어디까지나 조연이었기 때문에 가수 활동에도 큰 무리가 없을 것이다.

"발로 뛰라면 뛰어야지."

*   *   *

현일은 마음만 먹으면 자신의 수족처럼 부릴 수 있는 김성아의 인기를 새삼 실감했다.

다름이 아니라 '검사 박정훈'에 김성아가 출연한다는 소식이 알려지자 어디선가 기꺼이 투자를 하겠다는 사람들이 속속 나타났다.

그도 그럴 것이 김성아가 출연하는 방송이면 언제나 보장되는 시청률이 있기 때문이다.

덕분에 문명준 프로듀서의 얼굴에 함박웃음이 피어난 건 말할 것도 없다.

현일은 나중에 어떤 배우들이 캐스팅될지 내심 기대되기도 했다.

"아~ 배지수 섭외해 주면 좋을 텐데. 지금이라도 문 PD님께 전화드리면 받아들여 주시려나?"

"직접 찾아가지 그래요? 한 2천만 원 들고 가면 딱 한 편 정도는 출연해 줄 테니까."

현일은 이하연의 업무를 위해 김성아에 대해서 조사하던 와중 그냥 지나가는 투로 던져본 말인데 그녀는 손가락에 감정을 싣고 현일의 허벅지를 꼬집었다.

"아악! 너 나한테 무슨 감정 있어?"

"세게 꼬집은 것도 아닌데 엄살 피우지 말아요."

"…알았어. 심심한데 그냥 곧장 작업실로 갈 걸 그랬나?"

"GCM님은 항상 그렇게 일에 치여 사는 건가요?"

"작곡은 내 일이기도 하지만, 내가 가장 좋아하는 취미이기도 해."

"그러지 말고 즐기면서 살아요! 인생은 짧다구요!"

"난 작곡할 때가 제일 즐거워. 그리고 인생이 짧기 때문에 더 열심히 살아야 하는 거야."

"큭큭, 말하는 게 무슨 우리 할아버지 같아요."

"이왕이면 연륜이 깊다고 해줄래?"

현일은 그렇게 말하며 내비게이션에 회사의 위치를 찍었다.

"아이 참, 그러지 말고 이렇게 기회 있을 때 어디 같이 놀러 가요."

"어디가 어딘데?"

"음, 역시 영화관이 좋으려나?"

"우리 둘이 같이 영화 보러 가면 굉장히 큰일이 발생하지 않을까?"

"그거 자각은 하고 있던 거예요?"

현일이 고개를 끄덕였다.

"그런 사람이 자가용에 저를 막 태우고 돌아다녀요?"

"어디까지나 일 때문에 그런 거잖아. 우린 당당하다고."

"아니, 그러니까 가십거리 좋아하는 인간들은 그렇게 생각 안 한다니까요."

"그럼 아예 정말로 당당한 사이가 되는 방법도 있지."

무슨 뜻인지 곰곰이 생각해 보던 김성아가 웃음을 터뜨렸다.

"아하하하! 그게 뭐예요? 그럴 리가 없잖아요. 하하하!"

현일이 빙긋 웃으며 말했다.

"미래는 모르는 거지."

"풋."

잠시 어색한 침묵이 흐르고 분위기가 묘해질 즈음 현일이 화제를 돌렸다.

"좋아하는 장르가 발라드랑 R&B라고 했지?"

"또 일 얘기예요?"

"나 지금 엄청 바쁘다고. 지금 시나리오 읽고 나서 노래 하나 만들어줘야 하고… 아니, 그 이전에 이건 네 노래 만드는 거잖아?"

"네, 네. 그거 좋아한다고 했죠."

"일렉트로닉은 어때?"

"그거도 좋아하죠."

보통 일렉트로닉은 젊은 사람들이 많이 좋아하는 장르인데 김성아 또한 그중 하나인 듯했다.

현일에겐 잘된 일이다.

노래에 신시사이저를 마음 놓고 도배할 수 있으니까.

"그럼 덥스텝으로 가자."

김성아가 고개를 갸웃했다.

"그건 무슨 장르예요?"

"덥스텝은 일렉트로닉의 하위 장르야. 낮은 주파수의 강렬한 베이스와 드럼, 둔탁하고… 뭐 하여튼 인터넷에 검색하면 나오니까 궁금하면 찾아보고. 멜로딕을 붙인 건 멜로디를 중시하기 때문이지. 그냥 편하게 일렉트로닉 사운드에 R&B 보컬의 감성을 섞은 거라고 생각해."

엄연히 다른 장르지만 문외한에게 설명해 주는 데는 큰 무리가 없었다.

"음, 잘 모르겠네요. 일렉트로닉과 R&B의 조합은 상상이 안 가는데요."

"나중에 샘플 들어보면 알 거야."

"제가 가요 채널도 종종 보는데, 그런 장르의 음악은 한 번도 못 들어본 것 같은데도요?"

"트렌드는 만들어가는 거야. 그리고 그 선구자는 내가 될 거고."

"…그거 꽤 위험한 도전 아니에요?"

"나이 들면 젊었을 때 도전하지 않은 걸 후회하는 법이야. 차라리 도전하고 후회하는 게 나아."

"올~ 제법 멋있는 말도 할 줄 아시네요?"

"경험에서 우러나온 거니까 새겨들어."

"……?"

"뭐 다른 궁금한 건 없고?"

"왜 하필 제가 실험 대상인 건가요?"

"넌 이쪽에서 실패해도 언제든지 다른 쪽으로 걸어갈 길이 있으니까."

충분히 납득할 수 있는 말이었기에 김성아는 고개를 끄덕였다.

그러나 사실 도박은 아니다.

덥스텝은 분명 몇 년 후 트렌드가 될 것이다.

대중의 음악 취향이라는 게 몇 년 사이에 정반대로 바뀌는 일은 거의 일어나지 않는다.

그러니 그 트렌드를 조금 앞당긴다고 해서 문제될 건 없었다.

"가사는 어떻게 쓸 거예요?"

"너 첫사랑이 언제야?"

"그런 거 안 해봤어요."

"짝사랑도?"

"전 어린 시절에 데뷔했다고요. 학교 다닐 시간도 없었어요."

"그럼 배우는 어떻게 된 건데?"

"그게 왜 궁금한 거예요? 제 뒷조사라도 하실 생각이라면 꿈도 꾸지 말아요."

"뒷조사가 아니라 앞조사야. 그리고 네 인생사가 다 가사의 소재가 된다고."

김성아가 의심의 눈초리로 현일을 보았다.

"흐음~"

"이상한 소리 내지 마."

"픕! 뭐래?"

이번엔 손으로 현일의 어깨를 밀쳤다.

"아앗!"

어쨌든 길고 긴 사투 끝에 그녀의 스토리를 들을 수 있었다.

"어릴 때 꿈이 연예인이었어요. 그걸 들은 아버지가 저를 기획사에 데려갔고, 오디션을 봤죠. 그리고 뽑혔어요."

"그리고?"

"그리고라뇨?"

"…그게 다야?"

"네."

역시 세상은 황금만능주의 플러스 외모 지상주의가 만연한 것 같았다.

*　　　*　　　*

"도대체 이게 어떻게 된 일이야? 이건 내 사건이라고!"

"몰라서 그래? 그 범죄자 자식, 쥐새끼처럼 빠져나가는 거 잘 알잖아. 네 방식대로 해서 잡는다고 치자. 얼마나 시간을 허비할 생각인데? 1년? 10년?"

"우리 그때 그 시절 기억 안 나? 사법고시 공부할 때, 연수원에 있을 때, 그리고… 검사에 임관해서 선서할 때, 우리 서로 다

짐했잖아. 원리와 원칙에 따라 정의를 심판하는 청렴결백한 검사가 되자고 말이야."

"…됐어. 이제 이 얘긴 그만하자, 혜경아. 이미 끝난 사건이야."

"…그런 식으로는 언젠가 스스로 만들어낸 과거가 당신의 발목을 잡는 날이 올 거야."

"혜경아, 난 지금 이대로는 만족하지 않아. 난… 이 기회를 놓치지 않을 거야. 그리고 높아질 거야."

지금 김성아와 현일은 검사 박정훈의 한 장면을 이루는 군상극을 펼치는 중이다.

문명준에게 받은 대본 초고를 손에 들고 각각 박정훈의 아내인 하혜경 검사와 박정훈 검사가 되었고, 이 신은 둘이 갈등을 빚는 장면이다.

그러던 중 김성아가 박수를 쳤다.

짝짝짝짝짝.

"와! 연기에 소질 있으시네요!"

"립서비스는 됐어. 나 연기는 처음이라고."

"빈말 아니에요! 진짜 대단하다니까요?"

의외의 평가에 현일은 뒷머리를 긁적였다.

"그런가?"

"이 기회에 한번……."

"생각 없어."

현일은 무심한 듯 쌀쌀하게 대답했지만, 김성아의 칭찬은 현일도 새삼 놀라게 했다.

역시나 그녀의 연기는 매우 수준급이었다.

그리고 현일은 그녀가 연기를 하면서 이입한 감정을 그대로 가져와 자신에게도 대입했을 뿐인데 이렇게 좋은 반응을 얻을 줄은 몰랐다.

그래봤자 그쪽에 발을 디딜 생각은 없지만 말이다.

"쳇, 무슨 말도 못 하게 해. 그나저나 이게 정말 작곡에 필요한 거 맞아요? 그냥 연기하는 것뿐인데요?"

"너 작곡 해봤어?"

김성아가 고개를 저었다.

"안 해봤으면 말을 말아."

"……."

이제 이 장면에 필요한 재료는 모두 준비되었다.

[레어 등급의 음악을 작곡하였습니다.]

[극 중 배역 사이의 갈등을 잘 표현하였습니다.]

[장면의 긴장감이 고조됩니다.]

[이 음악으로 인해 시청자들은 작품을 더 좋아하게 될 것입니다.]

[시청률에 일부 변동이 있을 것입니다.]

현일은 떠오른 메시지를 보며 입가에 미소를 띠었다.

'시작이 좋다.'

내심 김성아가 복덩어리로 느껴졌다.

그녀 덕분에 이런 기회도 얻었으니 말이다.

'많이 아껴줘야겠어.'

현일은 곧바로 작곡한 음악을 곧바로 문명준의 이메일로 보냈는데 얼마 지나지도 않아 답신이 도착했다.

―후우! 최곱니다, 작곡가님! 노래만 들어도 등장인물들의 감정이 와 닿는 것 같습니다. 이 정도면 감독 자리를 건의해도 이의가 없을 것 같군요. 앞으로도 잘 부탁드리겠습니다.

현일은 그 답신을 보고 씨익 웃었다.

*   *   *

검사 박정훈의 제작 발표회.

보통 촬영을 시작도 하기 전에 제작 발표회를 하는 것은 인기 배우를 선점하거나 아니면 투자를 받기 위함이다.

'이 경우엔 둘 다겠지.'

현일은 회장에 들어서며 주위를 둘러보았다.

좌석에는 섭외가 확정된 배우들은 물론이고 호기심에 온 사람들, 스태프, 언론인, 그 외 기타 투자자들이 저마다 옹기종기 모여앉아 있었다.

단상 위에서는 문명준 프로듀서가 뭐라 말하고 있었다.

'생각보다 발표회 분위기가 좋네.'

역시 김성아 한 명 캐스팅해 놓으니 그 이펙트가 대단한 모양이다.

'과연 전생의 발표회는 얼마나 조촐하게 열렸을까.'

현일이 그런 생각을 하던 도중 문명준이 자신을 부르는 소리가 들려왔다.

"아, 저기 오시는군요. 우리 드라마 촬영에 큰 지원… 큰 도움을 주실 음악감독님이십니다. 이리 올라오시죠!"

"예, 예?"

"하하하, 아무래도 음악감독님께서 조금 쑥스러워하시는 것 같습니다. 그러지 말고 어서 이리 올라오세요."

그렇게 단상 위로 올라가게 되니 바로 앞좌석에 앉아 있는 김성아가 보인다.

장소에 맞게 잘 차려입은 그녀가 빙긋 미소를 지으니 역시 미인은 미인이라는 생각이 들었다.

"자, 음악감독이 되셨는데 한 말씀 하시죠."

문명준이 그렇게 말하며 마이크를 현일에게 내밀었다.

"음, 얼떨결에 과분한 직책을 맡게 되었습니다. 문 PD님과 함께 최선을 다해 멋진 드라마를 만들어 드리겠다고 약속하겠습니다. 검사 박정훈 파이팅!"

짝짝짝~

간단한 몇 마디가 끝나고 나자 객석에서 박수 소리가 들려왔다.

현일의 멘트와 함께 문명준의 연설도 종료되었다.

"생각보다 괜찮은 연설인데요?"

무대에서 내려온 현일에게 김성아가 말을 건넸다.

현일은 무슨 뜻이냐는 어투로 대답했다.

"별거 없었는데?"

"원래 그런 거 잘 안 하시는 분이니까 긴장할 거라고 생각했는데 태연한 모습이 마치 여러 번 해본 것 같았어요."

"이 정도야 기본이지."

이유야 어쨌든 현일은 한 회사를 대표하는 작곡가였기에 그녀는 별로 대수롭지 않게 넘어갔다.

"그런가요."

"음, 그나저나 기자들 앞에서 우리 둘이 사이좋게 얘기해 봤자 좋을 거 없으니까 그만 각자 볼일 보자고."

"그래요. 수고하시고요."

현일은 고개를 한 번 끄덕이고는 발걸음을 옮겼다.

김성아를 흘깃 보니 안면이 있는 배우들과 악수를 나누고 있다.

그리고 현일에게도 누군가가 다가왔다.

"그쪽이 바로 우리 드라마의 음악감독님이시군요."

현일은 바로 옆에서 들려온 목소리에 고개를 돌렸다.

'훤칠하게 생겼구만.'

그게 목소리의 주인에 대한 첫인상이다.

동시에 현일은 그가 누군지 단번에 알아차렸다.

그에겐 검사 박정훈의 최대 스폰서로서 일의 경과가 어떻게 흘러가는지 가장 먼저 알 권리가 있었다.

"아, 고희도 씨. 반갑습니다."

고희도는 SH 소속의 배우였는데, 그에 대해 별 감흥은 없었다.

SH라고 다 나쁜 놈만 있는 건 아니니까.

그리고 고희도 역시 현일의 전생에서 별 인연이 없는 인물 중 하나이다.

알고 있는 거라면 그냥 팬이 많다는 것과 잘생겼고 인성이 좋다는 것이다.

그저 언론 플레이일지도 모르지만 말이다.

그가 팔짱을 끼며 말했다.

"듣자 하니 이쪽 일에는 처음이라고 들었습니다만, 그게 사실이라면 좀 무섭군요."

"무슨 소립니까?"

"딴따라들이나 부르는 노래와 드라마에 삽입될 곡은 그 양상이 전혀 다르다는 거죠."

현일은 대번에 인상을 찌푸렸다.

"흠, 그래서요?"

"부디 제 드라마를 망치지 말고 그냥저냥 OST 만드는 데나 신경 써달라는 말입니다."

이 바닥에서 종종 있을 법한 신경전이다.

본인이 나름 인기 배우라고 신인 PD에게 기선 제압을 하려는 것이다.

"그렇군요. 그런데 왠지 주연으로 나오는 당신보다 제가 삽입할 노래가 더 인기 있을 것 같은 기분이 듭니다."

"푸하하하하! 간만에 정말 재밌는 농담이었습니다. 아무튼 어디 낙하산을 타고 내려왔는지는 모르겠지만 열심히 해보세요, 젊은 감독 양반."

현일 역시 빙긋 웃으며 대답했다.

"그쪽도 건투하십시오. 고희도 배우님을 보니 이번 드라마에서 맡은 배역과 실제 인품이 아주 잘 매치되는 게 정말 명품 연기를 선보여 주실 것 같습니다."

고희도의 배역은 초반엔 주인공의 동료이지만, 나중엔 대검찰청 반부패부의 부장검사가 되어 중간 보스쯤 되는 악역이다.

그야말로 약자에게 강하고 강자에게 약한 전형적인 비굴한 악당의 모습을 그리는 캐릭터라고 할 수 있었다.

"그런 식으로 나오시면 이 바닥에서 살아남기 힘드실 텐데?

나 누군지 몰라?"

"뭘 어쩌란 건지 모르겠네. 오늘 처음 만난 사람에게 아부라도 해야 되나?"

현일의 반말에 고희도의 얼굴이 구겨졌지만 이내 인상을 펴고 현일에게 어깨동무를 했다.

"크, 하하하하! 이거 보면 볼수록 호쾌한 분입니다그려! 언제 한번 만나서 술이라도 한잔하십시다. 예?"

"그런 일은 일어나지 않을 것 같습니다."

"뭐, 미래는 모르는 것 아니겠습니까?"

현일은 피식 웃었다.

"그건 그렇지요."

"그럼 수고하십쇼, 감독님."

그 말을 끝으로 고희도는 돌아섰다.

*　　　*　　　*

며칠 후, 인터넷과 언론에서 난리가 났다.

검사 박정훈에 스타 배우들의 출연이 확정되었으니 어찌 보면 당연한 일이다.

김성아가 조연에, 주연은 그녀보단 살짝 떨어지는 클래스이지만 어쨌든 대한민국을 대표한다고 할 만한 배우들이 출연하기로 했다.

주연까지 전부 김성아 정도의 배우로 섭외하려면 아마 제작비가 천정부지로 치솟을 테니 말이다.

그리고 또 다른 쪽으로도 난리였다.

바로 김성아의 가수 데뷔 때문이었다.

보통 아이돌이 연기자로 활동하는 경우는 많다.

하지만 그 반대의 경우는 별로 없기 때문이기도 했지만 김성아의 입지가 워낙 컸기 때문이다.

그녀는 본격적으로 데뷔하기 전에 노래를 먼저 발표했는데, 하루 만에 유튜브 조회 수가 200만을 넘어섰다.

그리고 덕분에 이하연까지 재조명을 받기 시작했다.

작사가가 이하연으로 돼 있으니 당연한 일이다.

김성아의 팬들은 그녀가 이토록 노래를 잘 부를 줄은 꿈에도 몰랐다, 혹은 역시 우리 성아는 다재다능한 팔방미인이라는 등 온갖 감탄을 아끼지 않았다.

현일은 전화번호를 한 번 바꾼 적이 있어서 전화기는 잠잠했지만 그 대신 회사에는 점점 각종 우편물이 쌓이기 시작했다.

주로 김성아의 팬과 언론사에서 보낸 것들이었는데 대부분의 내용은 그녀가 언제 데뷔하는지에 대해서였다.

한 번은 아예 기자들이 작정하고 회사 건물 앞에서 진을 친 적도 있었다.

그래서 현일은 김성아의 데뷔 시일은 그녀의 소속사에서 결정할 문제이며 자신이 관여할 바가 아니라고 입장을 표명했다.

또한 앞으로 이렇게 회사 앞에 눌러앉아 있는 행태를 벌이는 언론사에게는 두 번 다시 인터뷰에 응해주지 않겠다고 으름장을 놓아 다행히 회사 앞이 깨끗해질 수 있었다.

그 반대급부로 김성아의 소속사에 우편물이 쌓이기 시작하겠지만 그래도 그 회사 사장님은 그런 일들에 익숙할 터였다.

현일은 곧바로 자신의 작업실로 들어갔다.

그때 테이블에 놓인 전화기가 울렸다.

"네, GCM입니다."

―좋은 아침입니다. 다름이 아니라 작곡가님과 직접 통화하고 싶다는 분이 계셔서 연락드렸습니다.

"누구시죠?"

―검사 박정훈에 출연할 배우라고만 하셨습니다. 그 외에 다른 건 물어봐도 가르쳐주지 않더군요.

"전화 바꿔주세요."

―예, 잠시만 기다려 주십시오.

잠시 후, 수화기 너머로 귀에 익은 목소리가 들려왔다.

―이제야 됐네. 어… 나요, 작곡가 양반.

고희도였다.

현일의 이마에 십자 모양의 혈관이 돋아났다.

"전화한 이유가 뭡니까?"

―그새 그때 그 약속을 잊으셨습니까? 이거 영 섭섭해서, 원.

"무슨 약속이요?"

―술 한잔하자고 했잖습니까.

"이 아침부터 술을 마시자고요? 그리고 전 그런 약속한 적이 없습니다."

―아침에도 술 공장은 돌아갑니다, 작곡가님. 낮이면 어떠하고 밤이면 어떻습니까? 예?

"전화하지 마십쇼."

뚝.

현일은 크게 한숨을 내쉬었다.

'후, 어쩌다 이런 날파리까지 꼬여서……'

그리고 잠시 후 다시 전화가 왔다.

"수신 거부 할까요?"

―참, 이거 세상인심이 왜 이렇게 야박해졌을…….

뚝.

그리고.

뚜두두두두!

―그럼 밤에라도…….

"갑니다, 가요!"

―이제야 말이 통하시네. 하하하!

"후우!"

현일은 다시 한 번 크게 한숨을 내쉬었다.

어둑어둑해진 저녁.

현일은 수화기를 내려놓고 곧장 고희도가 만나자는 술집으로 직행했다.

그것도 그냥 술집이 아니라 여러 명의 여자를 끼고 노는 강남의 유흥업소였다.

간단하게 인사랄 것도 없는 인사를 대충 나누고 자리를 찾아 앉았다.

"용건만 간단히 하십쇼. 만나자는 이유가 대체 뭡니까? 그것도 이런 곳에서."

"에이, 재미없게 초장부터 일 얘길 하자는 거야? 자, 얼른 술 한잔 받아."

"저 술 잘 안 마십니다."

"이거 엄청 비싼 거야. 내가 살 테니까 부담 갖지 말고 어여 쭉 들이켜 봐. 맛이 끝내준다니까?"

고희도는 말을 하는 와중에도 양옆에서 술을 따라주는 여자들의 몸을 주물럭거리고 있었다.

'술과 여자를 좋아하고, 이런 유흥업소를 자주 다니던 연기자… 어깨너머로 들은 적이 있는데.'

그리고 현일의 뇌리에 번뜩이는 어떤 생각.

'성 접대 파문이 있던 고XX 배우가 설마 이 작자인가?'

배우 중에서도 성이 고 씨인 사람은 그리 많지 않기 때문에 쉽게 추측할 수 있었다.

만약 고XX가 고희도가 맞는다면 그가 현일에게 집적대는 이유도 납득이 되었다.

'완전 개자식 아니야? 어디 한번 인생은 실전이란 걸 뼈저리게 느끼게 해주마.'

이제 고희도가 말을 안 해도 무슨 이유로 자신을 부른 건지 대충 짐작이 갔다.

"말할 생각 없으시면 그만 일어나겠습니다. 인간적으로 남의 귀중한 시간을 낭비하지 맙시다."

"아! 우리 작곡가님께서 옆에 여자가 안 붙어 있어서 심심하시구나? 야! 거기 텐프로로 한 명 데려와!"

말로만 듣던 그 텐프로.

내심 현일도 귀가 동했다.

그도 어쩔 수 없는 남자인가 보다.

곧 딱 봐도 화류계에 종사할 것 같은 여자가 들어오더니 현일의 옆에 앉아 모기처럼 착 달라붙어 애교를 부려댔다.

순간 호기심이 일었지만 딱 거기까지였다.

'예쁘긴 예쁜데… 크윽, 뭔 놈의 향수를 이렇게 뿌려대는지……'

머리가 다 아플 지경이다.

"잠시 화장실 좀 갔다 오겠습니다."

"얼른 갔다 오십쇼."

화장실을 갔다 오니 고희도가 슬슬 술기운이 도는 모양이다.

고희도는 뭔가 주저리주저리 떠들더니 곧 본심을 드러내기 시작했다.

"주인공이라도 하고 싶다는 겁니까?"

"아니, 뭐… 그럴 것까진 없고… 보아하니 당신 회사에 벤츠깨나 있지 않아? 한 대만 뽑아 달라… 뭐 그런 각자의 사업에 대해서 진솔한 대화를 나누고 싶다는 거지."

"벤츠?"

"내 자랑은 아니지만, 내가 우리 사장님한테 제법 총애를 받고 있다 이거야."

그래서 이렇게 무모할 수 있는 건가?

현일은 그런 생각이 들었다.

"그런데요?"

"벤츠 말이야! 특히 그중에서도 한지윤이라는 애가 S클래스더라고? 응? 난 시원하게 드라이브 한번 즐기고. 응? 당신은 이 바닥에서 발 쭈욱 뻗고 편히 일하고. 응? 서로 윈윈 하자는 얘기 아니겠습니까, 작곡가님? 원래 신생 기획사는 다 그렇게 크는 겁니다. 작곡가님도 아시잖습니까? 예?"

그 외에도 고희도는 계속해서 GCM엔터테인먼트 소속의 여가수들을 희롱하는 발언을 서슴지 않았다.

역시 예상한 일이지만 현일은 분노가 치밀어 올랐다.

제 식구를 남에게 팔아먹으라니, 그런 건 상상도 할 수 없는 일이다.

현일은 테이블에 놓여 있는 술병으로 고희도의 머리통을 내려쳐 으깨 버리고 싶은 걸 가까스로 참았다.

"좆 까세요. 그리고 다시는 이따위 일, 아니, 두 번 다시는 저한테 어떤 이유로든 말 걸지 마십쇼. 하필 이성호 사장님이 총애하시는 분이 당신 같은 인간이라니, 갑자기 그분이 측은해지기까지 합니다."

고희도가 쓴웃음을 지으며 말했다.

"흥! 어떻게 되나 보자고."

현일은 룸 밖으로 나가면서 문을 닫기 전에 가운뎃손가락을 날려주었다.

미래는 모르는 거라고 했던가.

"너의 미래는 정해져 있다."

현일은 스마트폰을 만지작거리며 그렇게 중얼거렸다.

그뿐만이 아니었다.

이 스마트폰엔 고희도가 자신의 지위를 어떻게 악용해 왔는지의 행보가 고스란히 담겨 있었다.

'내가 이런 사람이야!'라고 자랑하고 싶던 건지, 단단히 술에 취한 건지는 모르겠지만 구태여 캐묻지 않아도 저 혼자서 술술 털어놨다.

'환장하겠네.'

현일은 술집에서 나오면서 문명준 프로듀서에게 전화를 걸었다.

늦은 밤이었지만 중요한 일이었기에 실례를 무릅쓴 것이다.

—네, 작곡가님. 무슨 일이십니까?

"아무래도 조강진 검사 역의 배우를 바꿔야 할 것 같습니다."

—…네?

문명준의 목소리만으로도 심히 당황했다는 게 느껴졌다.

어떤 표정을 하고 있을지 눈에 훤했다.

"조강진 배역, 다른 사람으로 바꾸세요."

이번엔 명백히 명령조였다.

—아, 아니… 아무리 최대 투자자라고 하지만 갑자기 이러시면 곤란합니다.

"그럴 만한 사유가 있습니다. 궁금하시면 일단 푹 주무시고 내일 뉴스 한번 보세요."

—저기요! 잠깐…….

뚝.

현일은 전화를 끊고 다시 한준석에게 연락을 취했다.

—예, 이 시간에 전화를 다 하시고 어쩐 일입니까?

"죄송합니다, 좀 급한 일이라서 말입니다."

—죄송할 것까지야… 하여튼 무슨 일인가요?

"주변에 아는 기자 있으시죠?"

―기자요?

"네, 그냥 기자가 아니라 한 사장님께서 믿고 맡길 수 있을 만한 신용 있는 기자를 원합니다."

―3대 방송국에 아는 PD가 있긴 합니다만… 이유를 물어봐도 괜찮겠습니까?

"간단히 말하자면……. 이렇게 된 겁니다."

―아, 그럼 최대한 빨리 자리를 주선해 드리겠습니다.

"부탁드립니다."

*　　　*　　　*

"윤석진 국장입니다. 반갑습니다."

현일은 그저 기자 한 명이 나왔을 것이라 생각하고 왔는데 생각보다 높은 그의 직급에 내심 놀랐다.

"이렇게 높으신 분을 뵙게 될 줄은 몰랐네요."

"하하… 저희 MBC 방송국에 있는 직원이 총 1,500명쯤 되는데, 그중 국장급이 100명이 넘고 부장까지 약 300명 정도 됩니다."

현일은 할 말을 잃었다.

"…그건 대체……?"

"딱히 자랑할 만한 이야기는 아니지만, 회사 규모에 비해 직급이 높습니다. 그 이유는 여러 가지가 있는데요, 하나를 말씀드리자면 직업이 직업이다 보니 그 특성상 다른 여러 회사의 임원들을 만날 일이 많기 때문에 직급에서 꿇리지 말라는 의미에서입니다."

"그렇다고 국장님께서 현장까지 뛰어오시는 건가요?"

자칫 실례가 될 수 있는 말이지만 현일은 너무 궁금한 나머지 물었다.

"현장이라고 할 것까지 있겠습니까? 그냥 사람 한 명 만나는 건데요, 뭘. 그리고 작곡가님께서도 한 회사의 경영자라고 들었습니다. 충분히 제가 만날 가치가 있는 분이죠. 무엇보다 저에게 특종을 가져다줄 사람 아닙니까?"

현일은 눈썹을 찡긋했다.

"맞는 말씀이십니다. 그런데 다른 방송국의 직급도 마찬가지입니까?"

"그런 곳도 있고 아닌 곳도 있죠. 3대 방송국 중에서는 저희 회사만 그렇습니다. 어떻게 보면 굉장히 특이한 일이죠. 덕분에 사실상 국장이 부장 정도이고 부장이 파트장 정도로 취급받고 있습니다. 하하!"

"꽤나 재밌는 비화네요."

"그래도 사내 한정이지만 나름 국장이라는 직급만큼의 파워는 있습니다. 하하하!"

현일은 직위답지 않게 유쾌한 그가 마음에 들었다.

어쨌든 주머니에서 작은 USB를 하나 꺼내자 윤석진이 눈을 반짝였다.

"그게 그겁니까? 이 달의 특종?"

"아뇨, 올해의 대박 특종이죠."

"정말로 그 정도입니까?"

"저 절대로 허튼소리는 안 하는 사람입니다. 제가 그쪽 일은 잘 모르지만 아마 국장님 실적에도 제법 도움이 될 거라고 생각합니다. 한번 직접 들어보시면 판단이 설 겁니다."

"그게 좋을 것 같습니다."

윤석진 국장은 가져온 가방에서 노트북을 꺼낸 뒤 이어폰과 USB를 꽂았다.

그리고 차분히 녹음된 파일을 감상하고는 나지막이 입을 열었다.

"녹음 상태가 좋군요."

"운이 좋았죠."

녹음한 음원을 그냥 가져온 게 아니었다.

어수선한 분위기이던 술집의 각종 소음을 줄이고 고희도의 목소리가 선명하게 부각되도록 다소 깔끔하게 믹싱 처리를 해서 USB에 넣어놓았다.

그 정도야 식은 죽 먹기다.

심지어 나중에 고희도가 술에 취해서 헛소리를 늘어놨다는 변명을 못하도록 목소리를 정신 멀쩡한 사람처럼 바꿔 버렸다.

능력의 도움을 받았으니 눈치챌 사람은 없을 것이다.

그러나 현일은 그 사실을 알려주기보다는 말을 아꼈다.

"이거 오랜만에 거하게 회식 좀 하게 생겼습니다. 시청률이 폭발하겠는데요?"

"마음에 드셨다니 다행입니다."

"별말씀을요··· 아무튼 제보 감사드립니다. 나중에 작곡가님 께서 도움이 필요하시면 언제든지 발 벗고 나서겠습니다."

"듣던 중 반가운 소리네요."

"네. 그럼 저는 이만 일어나겠습니다. 워낙 일이 많아 서⋯⋯."

"그러셔야죠. 국장님이신데 얼마나 바쁘시겠습니까."

"이해해 주셔서 감사합니다. 언제 한번 식사나 같이합시다."

"기다리겠습니다."

윤 국장은 나가면서 어딘가로 전화를 걸기 시작했다.

"어, 난데. 이번에 좋은 건수 하나 잡았다. 뭐? 그래그래, 확실 하다니까! 중간 광고 하나 삽입하면 분명히 엄청나게⋯⋯."

현일은 속으로 쾌재를 불렀다.

회사 나름의 비화가 있다곤 해도 국장이라면 제법 파워가 있 는 직급이다.

어떤 연예인을 출연시킬 것이냐 하는 것은 거의 대부분 PD의 재량에 달려 있지만 국장이 사인하지 않으면 출연하지 못한다.

그걸 반대로 말하면 현일이 원할 때면 언제든지 GCM엔터테인먼트의 연예인들을 MBC 프로그램에 출연시킬 수 있다는 뜻이다.

윤석진 국장이 군말 없이 사인을 해줄 테니까.

하여튼 간에 이 일이 있은 후, 다음 날 눈뜨고 일어나니 당연하게도 미디어 매체는 한시도 조용할 틈이 없었다.

―속보입니다. 메이저 연예 기획사 소속의 인기 배우인 고XX 씨에게 구속 영장이 발부되었습니다. 현재 고 씨는 검찰에서 조사를 받고 있으며, 그와 관계된 동료 연예인과 기획사 임원들에 대한 수사도 진행될 예정입니다.

전날 아침, 고 씨는 녹음 파일이 조작된 것이며 자신은 일체 모르는 일이라고 혐의를 부정했지만, 검찰 측에서는 파일에 조작된 흔적을 전혀 찾아볼 수 없었다고 밝혔습니다.

또한 이에 대하여 고 씨의 소속사 측에서는 회사와 아무 관계가 없는 일이며 고 씨가 독단으로 벌인 행각이라며…….

현일은 출근길 차 안에서 라디오로 뉴스를 들으며 현 사법부의 추진력에 새삼 감탄했다.

언론에 대서특필되었고, 일이 커져 여론이 들끓었다.

처음에는 MBC 방송국에서 최초로 단독 보도를 진행했지만, 여론이 계속 커지자 하는 수 없이 다른 방송국에서도 보도를 시작했고, 결국 검찰청도 그에 못 이겨 움직이기 시작한 것이다.

'이야, 벌써 구속 수사까지 시작한 거야?'

대충 듣자 하니 명확한 증거가 있음에도 불구하고 혐의를 인정하지 않는 점이 괘씸죄로 작용해 구속 수사의 원인이 된 모양이다.

역시 사람은 일단 정직하고 볼 일이었다.

물론 네티즌들의 키보드에서도 불이 났다. 아마 그중에는 키보드를 바꾼 사람도 있을지 모른다.

우리나라 헌법 1조 2항에서 대한민국의 주권은 국민에게 있고 모든 권력은 국민으로부터 나온다고 했는데, 마냥 듣기 좋으라고 써놓은 건 아닌 모양이다.

국민들이 불같이 날뛰니 3대 권력기관을 움직이게 하고 몇 사람 나락으로 떨어뜨리는 건 그야말로 바람 지나가듯 순식간이었다.

특히 그 당사자가 한창 인기 있는 연예인이었으니 말할 것도 없었다.

일상의 무료함을 달래줄 수 있는 자극적인 소재였던 것이다.

'사람들은 그런 것에 열광하니까.'

물론 이런 사건에도 정부의 무언가를 덮기 위한 음모라고 하는 작자들이 있다.

그런 사람들은 아마 평생 심심할 날이 없을 것 같다는 생각이 들었다.

아무튼 고희도의 집은 압수 수색 영장이 발부되어 지금쯤이면 수사관들이 온 집안을 헤집어놓고 있을 것이고, 고희도는 이미 구속되어 담당 검사와 조용히(?) 담소를 나누고 있을 것이다.

그래도 이성호 사장의 '우리 SH와는 전혀 관계가 없는 일'이라는 변명 아닌 변명은 어느 정도 사실일 것이다.

그냥 고희도와 그의 친구들이 노름을 좋아했을 뿐이지 메이저 기획사는 소속 연습생이나 연예인을 팔아먹으면서까지 누굴 접대할 이유가 전혀 없었다.

그 대신에 이성호 사장은 잔뜩 골머리를 앓고 있을 것이다.

현일은 조용히 다음 뉴스를 들었다.

—속보입니다. 고 씨의 '접대 리스트'엔 충격적이게도 현 아이돌 걸그룹의 멤버도 포함되어 있다고 합니다. 이에 따르면…….

'역시 인생을 쉽게 살려고 하면 안 돼.'

자기 소중한 몸 팔아서 편하게 뜨려고 하니 치욕적인 과거가 발목을 붙잡는 것이다.

이제 카메라에 얼굴을 비추기는 어렵겠지.

그런 생각을 하며 아침 일찍 연습실로 들어서는데, 홀로 연습에 몰두하고 있는 한지윤이 보인다.

"지윤아."

"네."

"다른 애들은?"

"자고 있어요. 많이 피곤한가 봐요."

"하긴 요즘 스케줄 때문에 힘들겠지."

"……."

"괜찮아. 다른 데 가서는 몰라도 나한텐 힘들면 힘들다고 해도 돼."

"…네, 힘들어요."

현일은 며칠 전의 일이 떠올라 자신도 모르게 그녀의 볼을 어루만졌다.

한지윤이 여기에 있어서 참 다행이라는 생각이 들었다.

그녀의 얼굴이 붉게 물들었다.

"그러고 보니 너도 SH에 있었지?"

그 마의 소굴에서 이 아이를 구출해 내길 참으로 잘한 것 같았다.

한지윤이 수줍게 대답했다.

"…네."

현일은 손에 닿는 부드러운 감촉에 손을 떼고 말했다.

"곧 환절기인데 감기 조심하고. 감기만 걸려도 인생이 엄청 고달파져."

"네."

"그럼 계속 열심히 해."

"아, 작곡가님."

"응?"

"그, 그게……."

"빨리 말해봐."

"…아무것도 아니에요."

"싱겁기는."

현일은 피식 웃으며 장난스럽게 한지윤의 긴 생머리를 접어 올렸다.

딱 목까지 내려오는 단발머리다.

"왜요?"

"아무것도 아냐."

*　　　*　　　*

검찰청의 구치소.

"허, 참… 허허허허헛!"

"사, 사장님!"

"하, 하하하하!"

"…사장님, 제발 저 좀 살려주십쇼. 예? 제발요. 여기서 꺼내 만 주시면 시키는 건 뭐든지 다 하겠습니다. 제발!"

"하하하하하!"

"사장님……."

이성호는 구치소에 죄수복 차림으로 수감되어 있는 고희도를 보며 실성한 사람처럼 미친 듯 웃어댔다.

고희도는 그러거나 말거나 쇠창살을 양손으로 꽉 부여잡으며 이성호에게서 살아날 구멍을 찾고 있었다.

그러나 이성호는 검찰총장이 아니었다.

이성호는 주머니에서 울리는 전화기를 꺼내 귀에 가져다 댔다.

—사장님.

비서였다.

"……."

—지금 큰일 났습니다. 우리 회사 불매운동이 일어나고 있습니다. 손해가 너무 막심합니다.

"……."

—그뿐만이 아닙니다. 우리 소속사 연예인들이 출연하기로 예정되었던 방송이 전부 취소되고 있습니다.

"…알았다, 그만해라."

—…예.

뚝.

"사장님……."

"내가 여기에 온 건 그 고희도가 진짜 내가 아는 바로 그 고희도가 맞나 확인하러 온 거다."

"…죄송합니다. 크흑! 잘못했습니다!"

"내가 너 언젠가 큰일 낼 줄 알았다."

"죄송합니다, 죄송합니다."

"그래, 죄송한 건 아는 모양이지?"

"예!"

"그럼 죄송할 짓을 왜 했냐 이 말이야!"

"헙……."

이성호는 고희도의 글썽이는 두 눈을 똑바로 쳐다봤다.

"참 자알 됐다. 니 그 안에서 평생토록 반성하고 있어라."

그 말을 끝으로 이성호는 발걸음을 돌려 버렸다.

"아, 아, 사장님! 사장니임!"

오열하는 그에게 남아 있는 건 닫혀 있는 미래뿐이었다.

*　　　*　　　*

"으하하하하핫! 대박이야, 대박!"

두 손을 하늘로 쭉 뻗어 올리며 환호성을 부르짖는 사람은 다름 아닌 윤석진 국장이었다.

쭉쭉 올라가는 시청률 그래프.

누군가는 창살 안에서 울고 있을 때, 가장 크게 웃는 것은 바로 그였다.

그도 그럴 것이, 대박 특종 사건 뉴스 보도 중간에 시도 때도 없이 광고를 삽입했고, 지금도 쉴 새 없이 광고 요청이 들어오고 있기 때문이다.

라디오, 종이 신문, 인터넷 신문 할 것 없이 조회 수와 시청률, 청취율이 천정부지로 치솟으니 그 여파에 힘입어 광고비 또한 하늘 높은 줄 모르고 치솟았다.

누가 감옥에 가든지 말든지 그걸로 건수를 하나 잡을 수 있다면 장땡이다.

다음 승진 심사 결과 발표 때 자신의 이름이 적혀 있을 건 따 놓은 당상이었다.

안 그래도 방송국 사장의 귀여움을 한 몸에 받고 있는 상황이었다.

실적이 깡패다.

"축하드립니다, 국장님. 아니, 이제는 이사님이라고 불러야겠네요."

윤 국장이 아끼는 후배가 옆에서 아부를 떨어댔다.

"뭐? 누가 나를 이사라고? 크흠! 그래도 이사라고 불리니 듣기는 좋구만. 흐하하!"

"다른 국장님들이 윤 국장님 많이 시기하겠습니다."

"훗, 괜히 실적도 없는 놈들이 다 그런 거 아니겠어? 어디 가서 국장이라고 목에 힘주고 다니는 것들이나 대기업 임원들한테 손바닥 비비면서 사바사바하는 놈들은 내 발끝도 못 따라와. 나처럼 발로 뛰어야 뭐라도 하나 잡는 거라고. 다 날 보고 배워야 돼. 안 그래, 신 PD?"

"지당하신 말씀입니다. 실적이 다 말해주는 거죠."

"실적이 깡패지!"

"제가 라인 하나는 제대로 탄 것 같습니다."

"그래그래, 넌 나만 믿고 따라오면 되는 거야. 앞으로도 그렇게만 해."

윤 국장은 자신이 앉아 있는 의자를 손으로 탕탕 치며 말을 이었다.

"이 자리가 바로 네가 다음에 앉게 될 자리니까 말이야."

"아직 저에겐 과분한 자리인 것 같습니다, 이사님."

"짜식, 겸손한 척은. 그리고 나 아직 이사 아니야. 그래도 이사라고 불리니 좋구만. 흐하하하!"

"아, 저번에 말씀드린 그거 말입니다."

"그거? 그거라고 하면 내가 알아?"

"제가 이번에 기획한 프로그램에 맥시드를 섭외하고 싶어서 말입니다."

"맥시드? 맥시드면 GCM엔터테인먼트 애들 아냐?"

"네, 맞습니다. 사실 제가 그 그룹 팬이라서요. 헤헤헤."

"당장 서류 가져와!"

"옙!"

빛의 속도로 서류를 가져온 신 PD였다.

그리고 역시 빛의 속도로 서류에 사인을 한 윤석진이다.

"자, 됐지? 맥시드 걔들만 따로 분량 좀 팍팍 넣어주고 잘해 줘."

"넵. 감사합니다."

"난 오랜만에 한준석 사장이랑 소주 한잔해야겠다!"

"네, 이사님."

"하하하!"

*　　　*　　　*

문명준 프로듀서의 회의실.

"하마터면 큰일 날 뻔했습니다."

"전화로 일방적으로 통보했을 때 속상하셨죠?"

"솔직히 아니라고 하면 거짓말이겠죠."

"다 이유가 있어서 그랬던 겁니다."

현일의 말에 문명준이 고개를 끄덕였다.

"그래도 참 잘하셨다고 생각합니다. 투명한 물에 먹물 한 방울 떨어지면 금세 오염되는 법이죠. 그런 건 빨리 싹을 쳐내야 합니다."

"그럼요."

별안간 문명준이 입가에 떤 미소를 지우고 침을 꿀꺽 삼키더니 어두운 표정으로 말했다.

"…그런데 큰 문제가 하나 생겼습니다."

"뭐죠?"

"그게… 고 배우와 같이 노름질하던 사람들이 줄줄이 잡혀 나오고 있는 건 아시죠?"

"네, 완전히 실시간 뉴스 아닙니까?"

그리고 윤석진 국장은 완전히 재미 보고 있을 거고.

"하필이면 그중 한 명이 우리 드라마 방영을 승인해 준 사람입니다."

현일은 눈을 질끈 감고 이마를 부여잡았다.

고희도 그 녀석이 누가 인기 배우 아니랄까 봐 하고 많은 사람 중에 중요한 인물을 데려가고 말았다.

'하필이면 이럴 때……'

둘은 동시에 크게 한숨을 내쉬었다.

"그래도 이미 그 CP가 승인을 해준 건 사실이지 않습니까? 그대로 진행할 수는 없는 건가요?"

"그게 그렇게 간단한 일이 아닙니다. CP가 불미스러운 일로 잡혀 들어가게 되면 당연하게도 그의 비리를 터뜨리는 게 첫 번째 수순이죠. 더군다나 이번 사건은 빼도 박도 못할 테니까요."

현일은 무겁게 고개를 끄덕였다.

일종의 꼬리 쳐내기다.

문명준이 말을 이었다.

"그리고 그렇게 되면 자연스럽게 그 CP가 방송을 승인해 준 업체에 대한 수사가 시작될 겁니다. 우리야 꿇릴 게 없으니 간단한 조사만 받고 끝나긴 하겠죠. 하지만 그 CP가 청탁이나 로비를 안 받았을 거라 생각하긴 힘듭니다. 그렇기에 방송국의 이사회에서 그 CP가 승인한 방송을 모두 취소하게 할 겁니다."

"하아… 다른 투자자들에겐 말했습니까?"

문명준은 고개를 저었다.

"아뇨. 아직 아무에게도 말 안 했습니다. 다만 드라마가 쫑날 수도 있다는 건 금방 퍼질 겁니다."

미쳐 버릴 것만 같다.

단지 방송을 못한다는 차원의 문제가 아니다.

배우가 손가락 하나로 오라 가라 할 수 있는 사람들도 아닌 데다 촬영에 필요한 소품이나 세트장도 많이 준비해 놓은 상태였다.

자칫하면 현일이 투자한 50억을 허공에 날려 버릴 수도 있는 중대 사항이었다.

현일은 이를 빠드득 갈았다.

SH엔터테인먼트와 현일은 정말 떼려야 뗄 수 없는 질긴 악연으로 이어져 있나 보다.

그때, 현일의 전화기가 울렸다.

"죄송합니다. 요새 일이 바쁘다 보니 전화기가 쉴 틈이 없네요."

문명준은 애써 웃으며 고개를 끄덕였다.

"이해합니다."

화면엔 한준석의 이름이 적혀 있었다.

"네, 한 사장님."

—바쁘실 텐데 전화 드려서 죄송합니다.

"아뇨, 괜찮습니다."

—다름이 아니라 전에 만나신 윤 국장이랑 저녁 식사를 하려는데 작곡가님도 같이하시면 어떻습니까?

현일은 문명준의 얼굴을 흘깃 봤다.

"문 PD님이랑 사업 얘기 중인데……."

—같이 오셔도 좋습니다.

"한번 말씀드려 보겠습니다."

—예, 그럼.

현일은 전화를 마치고 문명준에게 조심스레 의사를 물었다.

"한 사장님께서 같이 저녁 식사를 하자고 하시는데 같이 가시겠습니까?"

"후, 당연히 가야죠."

최대 스폰서가 부르는데 안 갈 수가 없다.

"MBC의 윤석진 국장님도 오신답니다."

"그럼 더더욱 갈 수밖에 없겠네요."

문명진이 윤석진을 모른다 할지라도 상대는 한국의 내로라 하는 3대 방송사 중 하나인 MBC의 국장이다.

안 만나면 손해다.

그렇게 둘은 바로 한준석과 윤석진이 있는 식당으로 향했다.

식당 안으로 들어서니 불판 위에서 고기가 맛깔나게 구워지고 있는 참이다.

이내 현일과 문명준을 발견한 윤석진이 반색했다.

"어서 오시죠, 작곡가님. 그리고……"

"가람E&C의 문명준 PD입니다."

"가람이면… 아, 드라마 제작사 PD시군요. 반갑습니다."

"저야말로 반갑습니다."

"거기 앉으시죠."

"예, 그럼."

윤석진이 현일을 보며 말했다.

"저번에 식사나 한번 하자고 인사말로 했는데 이렇게 하게 되네요."

"말이 씨가 되는 법이죠."

현일의 말에 윤석진이 세차게 고개를 끄덕였다.

"예, 정말로 그렇습니다. 그래서 사람은 이 혓바닥을 조심해야 돼. 특히 우리 같은 남자들은."

이번엔 나머지 세 명이 모두 동의한다는 듯 고개를 끄덕였다.

이번엔 문명준에게 말했다.

"그런데 문 PD님을 내가 어디서 들어본 것 같은데 어디서 봤더라?"

윤석진은 곰곰이 생각하더니 이내 떠올린 듯 무릎을 탁 쳤다.

"아, 골든 엠페러! 맞죠?"

"알아주시니 영광입니다."

"이야, 그거 정말 재밌게 봤는데."

"감사합니다."

"요새는 뭐 다른 거 기획하시는 작품 있습니까?"

문명준은 전작의 연속된 실패에 말하기를 꺼려하는 듯 보였다.

"그냥 뭐, 검사가 주인공인 드라마 하나 만들고 있습니다."

"검사 박정훈?"

"예."

"그래, 그거! 내가 왜 문 PD 이름 들었을 때 그걸 못 떠올렸을까? 그게 고희도… 크흠!"

윤석진은 자신의 말실수를 깨달았다.

"괜찮습니다. 제가 한 것도 아닌데요. 배우야 다른 분 구하면 되는 거고요."

"하하하, 그렇죠. 이 바닥에 널린 게 배우 아닙니까? 그건 그렇고, 검사 박정훈은 어디서 방송합니까?"

"S사입니다."

"에이, 왜 우리 쪽에서 안 하시고?"

"물론 MBC에도 넣어봤습니다만… 잘 안 됐습니다."

"쯧쯧, 드라마 제작국이면 조진상 국장 그놈이겠네."

"예."

"하여튼 조진상 그놈이 이름값 하나는 끝내주게 한다니까. 아주 진상이에요, 진상. 심지어 국장 직급 달고 안목도 없어요. 이렇게 재능 있으신 문 PD님의 작품도 못 알아보고. 검사 박정훈은 아주 대박 날 기세더만."

"에이, 아닙니다. 대박까지야……."

"야~ 이렇게 겸손하시기까지? 벼는 익을수록 고개를 숙인다더니 딱 문 PD님을 두고 있는 속담이네. 제가 드라마 제작국에 있었으면 문명준 딱 그 이름 세 글자만 보고 사인했다니까! 다른 건 볼 것도 없어요!"

"하하하."

문명준은 영혼 없는 웃음을 터뜨렸다.

아까만 해도 자신의 이름을 들었을 때 한참 생각하는 모습이었는데 어쨌든 기분은 좋았다.

그러나 문명준은 지금 이 자리가 가시방석에 앉아 있는 것만 같았다.

저렇게 치켜세워 주는데 어떻게 드라마가 엎어질 위기라고 말할 수 있겠는가.

"심지어 김성아에 조재훈, 서지수, 배설연이라는 스타 배우까지! 크! 그 정도 블록버스터급 캐스팅을 할 수 있는 분이 이 바닥에 문 PD님밖에 더 있겠습니까?"

네 명 말고도 조금 더 있지만 기억이 안 나는 모양이다.

하기야 그 네 명만 해도 한국 사람이라면 이름만 들어도 다 아는 연예인이다.

윤석진은 문명준에게 술잔을 채워주며 말을 이었다.

"내친김에 다음부터라도 우리 함께 갑시다. 내가 문 PD님한 테 특별히 선물… 이라고 하긴 뭐하지만 나랑 친한 배우 있거 든. 마침 고희도 그 자식 아랫도리 잘못 놀려 가지고 감방 가 서 주연 한 자리 비었잖아. 내가 인기 배우로다가 한 명 잘 말 해서 꽂아줄게."

고희도는 꽤나 민감한 이름이었지만 저렇게 호언을 하는 걸 보니 뭔가 있기는 한 모양이다.

내심 호기심이 동한 문명준이 살며시 말을 붙였다.

"…누구 말씀이십니까?"

"선웅이!"

"박… 선웅 씨요?"

"그래, 박선웅!"

박선웅은 일명 '믿고 보는 배우'로 통한다.

지금은 시사회 단계에 있지만 현일도 전생에서 그가 악역으 로 출연한 '뉴 월드'를 아주 재밌게 본 기억이 있다.

박선웅이 출연하면 시청률 올라가는 소리가 들릴 정도이다.

"정말 가능합니까?"

윤석진이 현일을 흘깃 보며 말했다.

"난 누구 말마따나 절대 허튼소리는 안 하는 사람이오."

"저… 그에 대해서 말씀드릴 게 있습니다."

"예, 말씀하세요."

문명준은 앞에 놓인 술잔을 혼자서 연달아 네 번이나 비우고 나서 힘겹게 입을 뗐다.

"그게 실은… 그렇게 돼버렸습니다."

"하하하하! 그런 거였으면 진작 말씀을 하시지 그랬어! 내가 누구야! 내일 따로 만납시다! 올 땐 계약서 챙겨 오시는 거 잊지 말고!"

문명준의 표정이 전에 없이 밝아졌다.

"저, 정말입니까?"

"어허, 허튼소리 안 하는 사람이래도!"

"감사합니다, 선배님! 잘 부탁드리겠습니다!"

문명준은 눈물까지 글썽이며 연신 허리를 숙여댔고, 현일은 한준석을 보며 고개를 숙였다.

'감사합니다.'

한준석과의 인연으로 만나게 된 또 다른 인연.

역시 그와 같은 유능한 조력자가 있어야 한다.

넷은 쨍 하고 잔을 부딪쳤다.

"거 작곡가님도 내가 한번 힘써드리겠습니다. 제가 일본에 잘 알고 지내는 프로듀서가 있어요. 내 말 한마디면 바로 오케이할 겁니다."

처음 보는 문명준 PD에게도 반 존대를 하던 윤석진은 현일에겐 꼬박꼬박 존댓말을 했다.

문명준이야 엄연히 동종 업계 후배라는 생각에 그러는 모양이다.

순간 맥주잔을 입으로 가져가던 현일의 눈이 번쩍 뜨였다.

"프로듀서라고 하심은?"

"당연히 뮤직 스테이션 아니겠습니까?"

'오호라?'

뭔가 일이 술술 풀리고 있는 예감이 든다.

안 그래도 언제 일본에 진출해야 할지 각을 잡는 중이었는데 때마침 운 좋게 윤석진에게서 보답을 받을 수 있을 것 같았다.

뮤직 스테이션이라 하면 매주 금요일 오후 8시에 아사히 TV에서 생방송으로 진행하는 아사히 TV의 간판 음악 프로그램이다.

간단히 말하면 일본 내 최대이자 최고의 음악 방송이다.

마침 현일이 마시고 있는 맥주도 아사히였다.

실로 기막힌 우연이 아닐 수 없었다.

"한데 뮤직 스테이션은 외국 가수에겐 박하기로 유명하지 않습니까?"

"말씀 한번 잘하셨습니다. 그래서 제가 발 벗고 나서서 도와드리겠다는 것 아니겠습니까?"

현일은 눈썹을 찡긋했다.

"발이 넓으시군요."

"발로 뛰어야 살아남는 법이죠!"

"실로 그렇습니다. 하하하!"

"으하하하!"

"하하하!"

그야말로 엄청난 우연이다.

그러나 어찌 됐든 실적은 깡패고 운도 실력이다.

그렇게 넷은 기분 좋게 술잔을 기울였다.

다음 날, GCM 작곡가의 작업실.

"으윽, 머리야."

어젯밤에 분위기에 취해 술을 과하게 마셨다.

담배는 매일 피워도 술은 잘 안 마시는 현일이다.

후회스럽다.

"작곡가님."

한지윤이 한 손에 뭔가를 들고 작업실로 찾아왔다.

현일은 고개를 들어 그녀를 보았다.

"으응?"

"…이거 드세요."

그녀가 수줍게 내민 숙취 해소 음료.

현일은 뚜껑을 따고 단번에 들이켰다.

"밖에서 사온 거야?"

"네, 방금 전에요."

"고마워. 역시 너밖에 없다."

그저 일상적으로 고마울 때 하는 표현이지만 그건 듣는 사람이 받아들이기 나름이다.

"네? 저, 저도요."

"뭐가?"

"아, 아뇨!"

"얼굴이 빨갛네. 너도 술 마셨니?"

"아니에요."

"참, 아직 미성년자지? 아직 술이 덜 깼나? 내가 정신이 오락가락하나 봐."

잠시 내려앉은 침묵 속에서 한지윤이 빙그레 웃으며 자신의 머리카락을 매만졌다.

현일은 그런 그녀를 가만히 보다가 별안간 달라진 점을 깨달았다.

"어, 머리 잘랐네?"

"네? 아, 네! 헤어 디자이너 언니한테 말해서 짧게 쳐달라고 했어요."

원래 아이돌 그룹은 밥 먹듯이 헤어스타일을 바꾸지만 비단 한지윤뿐만의 얘기가 아니라 GCM 소속 가수의 머리 모양에 대해 현일이 관심을 가진 건 이번이 최초였다.

"예쁘게 잘랐다. 잘 어울려."

"정말요?"

"응, 훨씬 예쁘다."

한지윤이 자신의 두 손을 맞잡고 활짝 웃었다.

저번에 현일이 그녀의 머리를 접어 올린 그 모양과 상당히 비슷한 게 그녀가 헤어디자이너에게 얼마나 열심히 설명했을지 알 수 있는 대목이다.

물론 현일이 그걸 알아주느냐는 전혀 다른 얘기지만 말이다.

* * *

검사 박정훈의 1화 촬영장.

"어이! 거기! 그거 가져와!"

"네!"

"넌 빨리 카메라 준비시키고!"

"네!"

부우우우웅.

"문 감독님! 버스 왔습니다!"

"저쪽에 대기시켜 놔!"

"알겠습니다!"

문명준은 여느 총괄 감독이 으레 그렇듯 대본을 동그랗게 말아 쥐고 스태프들에게 이래라저래라 바쁘게 지시를 내리고 있었다.

촬영이 시작되기도 전에 여러 가지 불미스러운 일이 있었지만, 우여곡절 끝에 MBC에서 방영하게 되었다.

그것도 초호화 캐스팅으로.

'윤 국장님의 도움이 컸지.'

그리고 음악감독인 현일은 가만히 서서 이 촬영 현장을 멀뚱멀뚱 쳐다보고 있었다.

원래 음악감독은 일의 특성상 촬영과 편집이 모두 끝나고 음악을 삽입하기 때문에 현장에서 근무할 일이 없지만, 현일에게 중요한 것은 현장의 분위기와 배우의 연기였다.

검사 박정훈 1화의 시놉시스는 검찰총장 후보로 출마한 서울중앙지검장인 이태진 검사가 후배인 주인공에게 신문을 보여주는 것으로 시작된다.

신문의 내용은 바로 사법연수원장이 차기 검찰총장의 후보로 유력하다는 것.

해서 박정훈이 이태진을 도와주기 위해 이렇게 저렇게 하다가 박정훈의 딸이 통원 버스를 타고 유치원에 가는 도중에 부실 설계로 인한 브레이크 오작동으로 버스가 큰 사고가 나는 것으로 끝난다.

그 과정에서 운전기사는 사망하게 되고, 승객들은 크고 작은 부상을 입는다.

'두 눈 번쩍 뜨고 지켜봐야지.'

1화의 초, 중반엔 넣을 OST가 거의 예정되어 있지 않았지만 후반엔 현일이 큰 역할을 해줘야 한다.

거기서 현일의 역할은 운전기사가 브레이크가 안 듣는 것을 알아차리고 버스가 충돌 사고를 일으키기까지의 위기감을 확실하게 조성시키는 것이다.

그 긴박감을 캐치해 그걸 토대로 작곡을 하고 전국의 TV로 송출될 화면에 녹여낸다는 것이 현일의 계획이다.

촬영장을 구경하면서 생각한 것들을 열심히 메모하고 있자니 드디어 1화의 마지막 신을 장식할 여배우 배설연이 등장했다.

"문 감독님, 배설연 배우님 도착하셨습니다."

"오, 배 배우 왔어? 잠시 저기 앉아서 쉬고 있어."

"알았어요."

그녀의 극중 배역은 주인공과 이혼한 뒤 딸을 혼자 키우고 있는 신혜경 검사 역이다.

정신없이 왔다 갔다 하는 스태프들 사이의 의자에 앉으니 어디선가 서너 명이 와다닥 달라붙어 분칠을 해주고 머리도 만져주고 음료수도 건네준다.

거울을 보며 촬영이 시작될 때까지 편히 쉬는 배우들.

발에 불이 나도록 잡일거리에 뛰고 있는 말단 조연출들은 그런 그들이 부러운 눈치다.

그러나 연기자도 촬영이 시작되면 땀깨나 흘려야 하는 직업이다.

여기서 제일 팔자 좋은 현일에 비할 바가 못 됐다.

현일은 이제 개인적으로 많이 친해진 문 감독에게 다가가 입을 열었다.

"저 배우 실제로 보는 건 처음인데 상당히 말랐네요. 화면으로 볼 땐 잘 모르겠던데."

"원래 연예인들이 다 그렇죠. 화면상에는 실제보다 푸짐하게 나오지 않습니까. 그런데 작곡가님, 아까부터 뭘 적고 계시던데 그게 뭔가요?"

"이거요? 별거 아닙니다. 그냥 BGM을 어떻게 표현하면 좋을지 적어놓은 겁니다."

"배우들 한 명 한 명 유심히 살피시면서까지요?"

"물론입니다. 저만의 방식이죠."

"어떤 방식인지 참 궁금한데요?"

"영업 비밀입니다."

"흐음……."

"저번에 샘플 하나 드린 거, 그렇게 극찬을 하시지 않았습니까? 절 믿으시면 됩니다."

"작곡가님을 의심할 리가 있겠습니까? 하하하!"

"하하하하!"

"그래도 저 배설연은 조심하는 게 좋습니다. 까칠하거든요."

현일은 갑자기 불어오는 바람에 양팔을 문지르며 말했다.

"날씨가 좀 쌀쌀하네요."

"추우시면 저기 스태프들 입는 점퍼 있습니다. 하나 가져 가
세요. 저는 다른 PD들이랑 잠시 논의할 게 있어서."

"예, 일 보세요."

현일은 얼른 스태프용 점퍼를 챙겨 입었다.

'으, 추워라.'

그리고 다시 두리번거리고 있는데 누군가 현일을 불렀다.

양손에 뭔가를 가득히 들고 있는 걸 보니 어느 팀의 조연출
인 듯했다.

"야! 거기!"

"······?"

"너!"

"저요?"

"그래, 너!"

"왜요?"

"못 보던 얼굴인데? 너 어디 팀이야?"

"음악팀이요."

"음악팀? 아~ 음향팀? 마침 잘됐네. 멀뚱멀뚱 서 있지만 말
고 이거 들고 가서 음향팀에 가져다 줘."

"그러죠, 뭐."

마침 심심하던 참에 잘됐다.

'조금이라도 움직이면 덜 춥겠지.'

음향팀은 무슨 일을 하는지 궁금하기도 했으니까.

이런저런 생각을 하며 조연출이 건네준 물건을 받아 들고 음향팀에게 갔다.

음향팀은 보통 배우들의 녹음 상태를 체크하고 편집 때 믹싱이나 더빙을 담당하기도 한다.

그런데 물건을 갖다 주니 이번엔 음향팀 조연출이 보지 못하던 얼굴이라며 잔심부름을 시키려고 한다.

결국 등짝에 'STAFF' 글자가 박힌 점퍼를 벗어 던지고 본업에 충실하기 위해 메모장을 들고 배우를 찾아 나섰다.

'저기 있군.'

성격 까칠하다는 배설연이다.

하도 김성아와 맥시드를 가까이서 보고 지냈기 때문인지 이젠 예쁜지 안 예쁜지도 분간이 잘 안 된다.

아무튼 도도하게 앉아 음료수를 마시는 그녀의 행동거지 하나하나를 분석했다.

이러한 데이터의 수집이 보다 높은 등급의 음악을 창작하는 밑거름이 될 거라 믿어 의심치 않았다.

[촬영에의 적극적인 참여가 높은 등급의 OST를 작곡할 확률을 높입니다.]

오랜만에 보는 메시지다.

'그렇구나.'

역시 현일의 생각이 옳았다.

그러고 있으니 현일의 수상한 행동을 목격한 배설연이 현일을 향해 성큼성큼 다가왔다.

그리 가까운 거리가 아니었는데 많이 예민한 것 같다.

"안녕하세요."

현일의 인사를 가볍게 무시하고 들고 있던 메모장과 펜을 말없이 휙 가로채 갔다.

'……?'

그러고는 메모장에 무언가를 적더니 다시 돌려주었다.

그녀의 사인이다.

"됐죠? 사인해 줬으니까 집적거리지 마세요."

팬 관리를 이렇게 하는가 보다.

팬은 아니지만.

현일의 얼굴을 모르는 걸 보니 아마 제작 발표회에 참석하지 않은 모양이다.

배설연이 돌아서서 가려고 할 때, 현일이 그녀의 귀를 건드렸다.

"역시 듣던 대로 까칠하시네요."

"뭐, 뭐라고요? 누가 그런 소릴 해욧!"

"인터넷에서 사람들이 그러던데요?"

"흥, 악플러들은 전혀 신경 쓰지 않아요."

"멘탈이 튼튼하신가 봐요? 악플 때문에 자살하는 사람도 있고 그러잖습니까."

그녀는 머리카락을 뒤로 휙 쓸어 넘기고는 슬며시 입꼬리를 올린 채 당당한 표정으로 대답했다.

"당연하죠. 그렇지 않으면 카메라에 얼굴을 어떻게 비추겠어요? 그리고 악플러에 대해선 이미 변호사를 선임한 상태예요. 담당 변호사가 인터넷에서 키보드 워리어 짓으로 시간만 축내는 한심한 작자들의 행태를 파악 중에 있으니 당신이 상관할 바는 아니랍니다."

키보드 워리어라는 넷상의 고급(?) 어휘를 알다니, 이 여자가 이렇게 말은 해도 본인 또한 인터넷을 많이 즐기는 모양이다.

물론 이해한다.

연예인이라면 자신에 대한 댓글을 안 볼 수가 없다.

"방금 전엔 신경 안 쓴다면서요? 그런데 변호사까지 선임했나요?"

정곡을 찌른 모양인지 허둥지둥 당황하는 배설연.

"그, 그게… 아니, 그러거나 말거나 당신이 무슨 상관이에요? 자꾸 귀찮게 하면 감독님께 당신 자르라고 할 테니 그렇게 알아요!"

그녀는 그 말을 끝으로 이번엔 정말로 돌아가 버렸다.

'까칠하긴 해도 그렇게 나쁜 사람은 아니네.'

다른 배우 같았으면 일개 조연출은 상대도 안 해줬을 텐데 몸소 다가와서 사인까지 해줬다.

조연출도 아니지만.

'배설연의 성격은 대충 알겠고.'

현일은 메모장에 새침데기라고 적었다.

*   *   *

탁!

슬레이트 치는 소리와 함께 드디어 촬영이 시작됐다.

신혜경이 집에서 나와 딸을 버스에 태워주는 장면이다.

"컷!"

그런데 무엇 때문인지 자꾸 NG를 냈다.

그 이유가 참으로 어이가 없었다.

"당신, 자꾸 신경에 거슬려요!"

그녀가 현일을 가리켰다.

그러자 좌중의 이목이 모두 그 둘에게 집중되었다.

"제가요?"

"그래요!"

"그것 참 이상하네요. 전 아무 짓도 안 했습니다만?"

그렇다.

현일은 촬영을 지켜보는 것 외엔 정말로 아무 짓도 안 했다.

물론 남들이 보기에 그렇다는 것이다.

그리고 그러한 사실을 다른 스태프들 또한 잘 알고 있었기에 그저 배설연이 혼자서 날뛰는 것을 지켜보고만 있어야 했다.

"그게 거슬린다는 말이에요!"

"뭐 어쩌란 건지 모르겠습니다."

"안 보이는 데로 가주세요."

"싫습니다."

"뭐, 뭐라고요?"

"제가 하는 일에 필요한 겁니다."

"방금 전엔 아무 짓도 안 했다면서요?"

"그냥 보는 것뿐인데 그게 뭔 짓을 한 게 되나요?"

"윽……"

제 나름대로 아까의 복수를 하려는 생각이었겠지만 현일의 반격에 딱히 할 말이 없어진 배설연은 막무가내로 나가기 시작했다.

"됐거든요! 빨리 여기서 나가요! 감독님!"

'아까 나쁜 사람은 아니라는 평은 취소다.'

그러나 문 감독도 현일을 어려워하기는 마찬가지였다.

"큼, 크흠! 배 배우, 내가 보기엔 너무 예민한 것 같은데 좀 가라앉히는 게 어떨까?"

"저 안 예민하거든요!"

"그럼 둔감하신가 봐요?"

"아, 아니에욧!"

"크흠! 배 배우, 다른 출연자들 기다리고 있는데 물 한 잔 마시고 빠르고 진행하자고."

"그래요. 좋게좋게 합시다."

그렇게 잠시 쉬는 시간을 가지는데 문명준에게 촬영팀 PD가 다가왔다.

"문 감독님, 저 사람 누굽니까?"

"내가 아까 말 안 했던가? 음악감독이 현장 참관하러 온다고."

"아, 듣긴 들었는데 설마 저분이라고는 생각 못 했습니다. 저렇게나 젊은 사람일 줄은 몰랐네요."

"히익!"

옆에서 지나가다 들은 소품팀 조연출이 헛바람을 들이켰다.

아까 현일에게 심부름을 시킨 그 조연출이었다.

"음? 왜 그러나?"

"아, 아무것도 아닙니다."

"땀이 흐르는데 정말로 괜찮은가?"

"…아까 무거운 걸 좀 날라서 말입니다."

"너무 무리하지 말고 쉬어가면서 해."

"넵."

"감독님!"

배설연이다.

"왜?"

"대체 저 사람 뭐예요?"

"뭐긴 뭐야? 우리 드라마 음악감독님이시지."

"음악감독? 그런 사람이 여기 왜 있는 건데요?"

"왜냐니? 음악감독은 여기 오면 안 됩니까?"

"여기서 하는 일이 없잖아요!"

"필요한 일을 수행하는 중이라니까요?"

"그게 뭔데요?"

"영업 비밀입니다."

"아무것도 안 하잖아요?"

"남이야 그러거나 말거나 무슨 상관입니까? 괜한 남 탓하지 마시고 배 배우님은 자기 일만 제대로 하시면 됩니다."

"당신 때문에 집중이 안 된다니까요!"

"명색이 프로 배우인데 고작 사람 하나 때문에 그렇게 몇 번이고 NG를 내나요? 저 고등학교 다닐 때 전교 1등은 반이 소란스러워도 항상 묵묵히 공부만 잘하던데요. 걔는 아마 클럽에 데려다 놔도 잘할걸요. 그런 게 프로죠. 당신 아마추어예요?"

"이, 이……!"

"그렇게 화가 나면 다음 장면에서 표출하세요. 신혜경이 버스 부품을 납품하는 회사의 비리를 알게 되는 장면이니까 NG 없이 잘 나오겠네요."

배설연이 팔짱을 끼고 어이없다는 투로 말했다.

"하 참, 연기라곤 해본 적도 없는 주제에 절 가르치려 드네요? 그렇게 잘나셨으면 어디 한번 본인이 직접 해보지 그러세요? 저보다 잘하면 소원 하나 들어드리죠."

"좋습니다."

현일은 흔쾌히 고개를 끄덕였다.

"……?!"

그럴 거라곤 전혀 예상치 못했는지 배설연이 크게 당황했다.

"시간 흘러가니까 빨리 합시다."

결국 둘은 여러 팀에서 조연출 열 명을 차출해서 투표를 하게 했다.

'뭔가 있을지도 몰라.'

그녀는 잔뜩 긴장했다.

'아니, 내가 뭘 쫄고 있는 거야! 저런 초짜한테?'

그렇게 그녀는 늘 하던 자신의 연기를 보여주었다.

현일은 아무런 표정 변화 없이 묵묵히 고개를 끄덕이며 자신의 차례가 오자 앞으로 나섰다.

그리고 옆에서 본 적 있는 김성아의 연기를 떠올리며 그 감정을 대입했다.

능력의 힘을 빌려 혼신의 연기를 펼쳤다.

결과는 2 : 8.

승리의 영광은 배설연이 차지했다.

사실 당연한 결과였다.

"어머나, 제가 이겼네요?"

"10년 차 배우가 연기라곤 해본 적 없는 사람 이겨서 기분 좋습니까?"

신나게 웃고 있던 배설연의 표정이 굳었다.

"……."

"만장일치가 아닌 것에 쪽팔린 줄 아셔야지요."

그녀는 할 말이 없었다.

현일은 전혀 손해 볼 게 없는 내기였다.

연기 배틀이라도 해서 조금이라도 더 높은 등급의 곡을 만들 수만 있다면 남는 장사였다.

"다시 촬영 시작합시다!"

감독이 소리치자 현일과 배설연은 신경전을 멈추었다.

탁!

다시 슬레이트를 쳤다.

다행히도 이번엔 프로 배우 아니랄까 봐 배설연은 꾹 참고 묵묵히 자신의 배역을 소화해 냈다.

"좋습니다. 빨리 다음 것도 촬영하고 오늘 끝냅시다."

빨리 끝날 것 같지는 않지만, 왠지 윗사람이 저렇게 말하면 정말 빨리 끝날지도 모른다는 기대감에 휩싸인다.

1화의 하이라이트인 버스 충돌 사고 신만 남았다.

박정훈과 신혜경의 갈등이 극도로 치닫게 되는 주요 원인이 될 장면이다.

비리를 저지른 부품 납품 회사의 사장이 바로 이태진 서울중앙지검장의 형인 이태선 사장이다.

그렇기에 박정훈은 이태선 사장의 비리를 덮어주게 된다.

안 그러면 이태진은 언론의 몰매를 맞고 검찰총장이 될 수 없을 테니까.

그런 식으로 흘러가는 전개였다.

하여튼 달리는 버스를 찍기 위해 촬영팀과 차를 타고 나란히 달리는 중이다.

그리고 곧 멈추었다.

"컷!"

현일은 촬영팀 PD에게 물었다.

"이제 끝난 겁니까?"

"네. 사고가 나는 부분은 CG 처리로 들어갈 겁니다. 좀 허무하죠?"

현일은 어깨를 으쓱했다.

"어쩔 수 없죠. 실제로 사고를 낼 수는 없는 일이니까요."

"하하하, 그렇죠. 하지만 할리우드 영화는 실제로 사고를 내기도 합니다."

"그렇습니까?"

"네, 같은 버스를 두 대 준비하고 운전기사로 스턴트맨을 고용해서 진짜로 들이받습니다. 승객이 탑승하고 있는 버스와 스턴트맨 혼자 운전하는 버스를 절묘하게 편집해서요. 물론 안전요원과 응급 요원이 항시 대기하고 있습니다."

현일은 고개를 끄덕였다.

시간이 얼마쯤 흐르고 촬영이 끝나자 감독이 현일에게 다가왔다.

"어떻게 현장 참관이 좀 도움이 되셨습니까?"

"큰 도움이 될 것 같습니다."

한국말은 아 다르고 어 다르다.

"될 것 같다니요?"

현일은 적당히 둘러대기로 했다.

"아무래도 녹화된 화면을 모니터링하고 작곡에 임하는 것과 직접 현장을 보고 작곡에 임하는 건 마인드 자체가 달라지거든요."

"아, 그런 뜻이었군요. 역시 작곡가님은 다른 작곡가님과 뭔가 달라도 다른 것 같습니다. 하하하!"

"그런데 배설연 배우는 지금 어딨죠?"

"오늘 촬영은 끝났습니다. 다음 스케줄이 있어서 먼저 갔습니다."

현일은 입맛을 다셨다.

'음, 그래도 좋게 끝내고 싶었는데.'

먼저 다가가서 사과라도 할까 싶었지만 아쉽게 되었다.

"작곡가님, 배 배우랑 무슨 일 있었습니까? 아까 난리도 아니던데요."

문 감독이 없는 곳에서 연기 대전을 펼쳤지만 그의 귀에 안 들어갔을 리가 없다.

"그냥 사소한 다툼이 좀 있었어요."

"다툼이요?"

문 감독이 놀란 토끼 눈을 하고 되물었다.

"음, 다툼이랄 것까진 아니고⋯ 사실 배설연 씨의 행동을 좀 관찰했는데 그게 실례가 됐던 모양입니다."

"⋯그러게 까칠하다고 했잖습니까."

"그 정도일 줄은 몰랐네요. 그래도 아까 잘하는 걸 보니 앞으로 부딪칠 일은 없을 것 같습니다."

"그렇다면 다행이지만, 작곡가님께서 이해 좀 해주세요. 사실 이 바닥에서 배우들이 NG 내놓고 스태프 탓하는 건 종종 있는 일이거든요. 특히 자존심 센 일부 배우들이 더 그렇습니다."

"감독님도 고생이 많겠습니다."

"하하!"

문명준이 멋쩍게 웃었다.

＊　　　＊　　　＊

현일의 작업실.

[레어 등급의 음악을 작곡하였습니다.]
[극중 장면의 긴박감을 잘 표현하였습니다.]
[이 음악으로……]

저번과 똑같은 메시지였지만 현일의 표정은 덤덤하기만 했다.

'또 레어 등급인가.'

물론 레어 등급만 해도 대단한 것이다.

드라마에서 그 어떤 BGM이 흘러나와도 TV를 보는 사람들은 다음 편을 보고 싶어 하지 그 노래를 궁금해하지 않는다.

하지만 레어 등급 정도 되면 찾아 들을 정도가 된다.

그럼에도 현일은 만족하지 못했다.

검사 박정훈 OST 음반에 수록될 곡은 20개 정도로 예정되어 있었다.

현일은 그중 하나라도 레어보다 높은 등급의 음악을 수록하고 싶었다.

'음, 차라리 다시 해보자. 이번엔 신시사이저를 넣어서.'

보통 드라마 BGM에는 전자음을 넣지 않는 것 같았다.

그래서 자신이 한번 해보기로 했다.

[일반 등급의 음악을 작곡하였습니다.]

[극중 장면의 긴박감을 표현하였습니다.]

[그러나 청중이 그것을 알아줄지는 미지수입니다.]

[대중은 이 곡에 별다른 흥미를 갖지 않을 것입니다.]

[시청률의 변동이 없습니다.]

눈앞의 메시지는 이 다섯 개가 끝이었다.

'메시지가 날 비웃는 것 같아.'

마치 긴박감을 표현했는데 뭘 어쩔 거냐고 묻는 것만 같았다.

현일은 앞서 만들어진 레어 등급의 OST에 신시사이저 파트를 추가해 보기로 했다.

[레어 등급의 음악을 편곡하였습니다.]

[일반 등급으로 등급이 격하되었습니다.]

[시청자들은 이 곡을 별로 좋아하지 않을 것입니다.]

[주의! 이 곡을 드라마에 삽입할 경우 시청률이 낮아지는 수가 있습니다.]

'크윽! 뭔 메시지가 이렇게 매몰차냐!'

현일은 얼른 신시사이저를 빼버렸다.

마치 면전에서 협박당하는 기분이다.

이 메시지에 비하면 방금 전의 메시지는 양반이다. 그것도 정일품(正一品) 양반.

'배설연이랑 연기 배틀까지 했는데……'

메시지에게 낚인 기분이다.

'…져서 그런가?'

달려가서 다시 붙자고 할 수도 없는 노릇이다.

도대체 에픽 등급의 노래는 어떻게 만들어야 하는가.

물론 현일은 그 해답을 이미 알고 있었다.

지금 당장에라도 만들어낼 수 있는 방법이 있긴 하다.

블랙 베일 걸스의 노래를 지금 다시 작곡하면 된다.

현일은 문득 그때는 어떻게 에픽 등급의 노래를 만들었는지 생각해 보았다.

'그땐 완전히 작곡에 미쳐 있었지.'

이제 하나만 더 만들면 인생이 피는 거라고 생각했다.

고지가 눈앞이었다.

굶어 죽기 일보 직전의 사람을 두고 좋은 노래 하나만 만들어 달라고 했으니 그런 노래가 나올 만했다.

그러나 현일은 그 카드를 아직은 꺼내 들고 싶지 않았다.

'일단 그건 뮤직 스테이션에 올라갈 때쯤으로 생각하고 있는데.'

기본적으로 걸그룹 노래니까 부르는 아티스트는 맥시드가 될 거고.

답답해진 현일은 한숨을 내쉬었다.

"후, 작곡이 잘 안 되네."

또 작곡가로서의 고뇌가 시작되려고 한다.

이러면 곤란하다.

창작인은 창작으로서 먹고살아야 하는데 이 순간이 오면 창작이 잘 되질 않는다.

자칫하면 슬럼프로 빠질 수도 있기에 무서운 것이다.

'창작인의 슬럼프라……. 그런 쪽으로 유명한 창작인이 한 명 있긴 하지. 아니, 그 반대라고 해야 하나?'

현일은 문득 소설가 한 명이 떠올랐다.

필명 '사략함대'.

법보다 주먹이라는 소설을 집필한 인기 작가인데, 현일도 전생에 아주 재밌게 읽은 작품이다.

그 작가는 미친 듯이 글을 뽑아내는 것으로 상당히 유명했다.

거의 1~2주에 책이 한 권씩 나오니 말 다한 거다.

정말 하루 종일 글 쓰는 데에만 매진해서 슬럼프가 올 틈 자체를 주지 않는다.

실로 대단하다고 할 만했다.

'한번 만나보고 싶네.'

그 비결이 궁금했다.

현일은 문명준에게 요청해 시나리오를 받은 후 다시 찬찬히 훑어보았다.

이럴 땐 기분 전환이 필요했다.

'흠, 시청자의 연령층을 고려해야 하나?'

문득 아까의 메시지가 떠올랐다.

노래의 등급은 그 노래의 퀄리티와 대중적인 청취자의 취향에 영향을 받는다.

신시사이저를 넣었기 때문에 등급이 낮아진 거라면, 그걸 듣는 사람은 전자음을 안 좋아할 거라는 얘기가 된다.

그리고 그런 사람들은 대개 기성세대가 많다.

드라마의 주요 소비자와 비슷한 연령대이다.

'그렇다면 피아노는 어떨까?'

남녀노소 할 것 없이 누구나 좋아하는 멜로디다.

현일은 신시사이저로 연주한 건반 그대로 피아노로 바꾸어 아까 전 레어 등급 음악에 삽입해 봤다.

그리고 메시지를 손꼽아 기다렸다.

[레어 등급의 음악을 편곡하였습니다.]

[아무런 변동 사항이 없습니다.]

빠직!

현일의 이마에 십자 모양의 혈관이 돋아났다.

'좋다. 네가 이기나 내가 이기나 해보자.'

그렇게 음악과의 혈투가 시작되었다.

현일은 무려 몇 시간 동안이나 쉬지 않고 작곡에만 몰두했다.

[레어 등급이 일반 등급으로 격하……]

[일반 등급의 음악을 작곡하였……]

[일반 등급의……]

[레어 등급이 일반……]

[레어 등급의 음악을 작곡하였……]

[레어 등급의 음악을……]

쉴 새 없이 떠오르는 메시지.

만족할 만한 메시지는 뜨지 않았지만, 그 내용을 기다릴 때의 기대감이 너무나도 짜릿했기 때문에 도저히 도중에 멈출 수가 없었다.

작업실에 한지윤이 온 것도 모르고 실성한 인간처럼 큭큭거리며 웃어댔다.

그러나 즐거움도 잠시, 일반 등급 노래를 11개쯤 만들었을 때엔 지쳐 체력이 바닥나고 말았다.

눈이 피로하고 공복감도 빠르게 몰려오기 시작했다.

"작곡가님."

옆에서 들려오는 부드러운 목소리에 현일의 눈이 번쩍 뜨였다.

"어, 지윤아."

"이거 드세요."

그녀가 도시락을 내밀었다.

마침 배가 고프던 현일은 냉큼 받아 들고 시계를 봤다.

'벌써 시간이 이렇게 흘렀나.'

이미 점심시간이 지난 지 한참 되었다.

"안 그래도 배고팠는데, 고마워. 어? 직접 만든 거야?"

한지윤은 대답 없이 고개를 살짝 끄덕였다.

"스케줄로 바쁠 텐데 요리는 언제 배웠어?"

"최근에요. 작곡가님이 요즘 따라 많이 바빠서… 식사를 자주 거르시는 것 같아서요."

"넌 정말 내조를 잘할 것 같다. 어느 녀석인지 몰라도 미래의 네 남편은 아주 행복하겠어."

그녀는 얼굴을 붉혔다.

도시락을 매일 가져와야겠다는 생각이 들었다.

현일은 안절부절못하고 배배 꼬이는 그녀의 손을 보았다.

"손이 왜 그래?"

갑작스러운 현일의 질문에 한지윤이 화들짝 놀라며 얼른 두 손을 등 뒤로 감추었다.

"아, 아무것도 아니에요!"

"아무것도 아니긴, 손 줘봐."

한지윤의 손가락에는 무언가에 베인 것 같은 상처가 몇 개나 있었다.

현일이 걱정스러운 얼굴로 말했다.

"칼에 베였어?"

"네, 요리하다가……."

"쯧쯧, 조심했어야지. 잠깐만 기다려 봐."

현일은 서랍에서 연고를 꺼내 그녀의 부드러운 손가락에 정성스럽게 발라준 뒤 반창고를 붙여주었다.

현일이 한지윤의 손을 잡고 있으니 그녀의 얼굴이 더욱 붉어졌다.

이 순간이 계속되길.

그녀는 단지 한순간을 위해서라도 요리하다가 매번 다쳐도 좋을 것 같았다.

"고마워요……."

"고맙기는, 오히려 내가 더 고맙지. 도시락 잘 먹을게."

"네!"

"이제 그만 가봐."

"네……."

그녀는 시무룩해진 얼굴로 작업실을 나갔다.

한지윤이 나가고 도시락 뚜껑을 열자, 허기가 한꺼번에 몰려왔다.

"스읍."

군침이 돌았다.

간은 잘 맞지 않았지만 시장이 반찬이라고 음식이 코로 들어가는지 입으로 들어가는지 모를 정도로 허겁지겁 먹어치웠다.

배가 많이 고프기도 했지만 빨리 작곡에 집중해야 하기 때문이기도 했고, 한지윤의 정성을 생각해서라도 다 먹었다.

"후우……."

현일은 크게 한숨을 쉬고 의자에 축 늘어진 채 고개를 들어 천장을 쳐다봤다.

이제 배가 부르고 등이 따뜻하니 또 고뇌가 시작되려 한다.

'…이 정도 했으면 좀 쉬었다가 할까?'

그런 생각을 했지만 이내 현일은 고개를 저었다.

블랙 베일 걸스의 노래를 만들던 지난날은 지금과 비교도 할 수 없을 정도로 힘들고 고통스러웠다.

영서가 병원에 누워 있을 때였으니 당연한 일이다.

하지만 그때도 포기하지 않았다.

그 시절이 문득 떠오르니 더더욱 쉴 수가 없었다.

그것도 이렇게 편하고 좋은 환경에서 일하는데 말이다.

고작 이 정도로 손을 놓아버리기엔 현일이 그동안 쌓아올린 것들이 너무나도 많은 데다 맥시드도 하루에 6시간 이상을 안 잔다.

그리고 남은 18시간은 모두 각자의 스케줄로 가득 채워져 있다.

자신보다 어린 애들도 그렇게 열심히 살고 있다.

나이도 더 많고, 더군다나 사장인 자신이 늘어진다는 건 이치에 안 맞는다는 생각이 들었다.

'에픽……'

한 번 걸어갔던 길, 두 번 못 걸을 리 없다.

사실 마음만 먹으면 OST 수록곡 전부를 레어 등급으로 채워 넣을 수도 있겠지만 왠지 오기가 생겼다.

자존심인지 뭔지는 몰라도 이번에야말로 정말 에픽 등급 노래를 하나 터뜨려 주고 싶었다.

'무슨 일이 있어도 만들고 만다.'

현일이 다시 작업에 매달리려 하는데 전화가 왔다.

—오늘 촬영에도 오실 겁니까?

문명준 감독이다.

"당연하죠."

*　　　*　　　*

촬영장.

오늘 촬영 분은 김성아가 처음으로 출연하는 편이다.

그래서 그런지 제작진과 시청자들은 이번 편에 대해 기대치가 높았다.

현일이 문명준에게 물었다.

"김성아의 효과가 그렇게 큽니까?"

"장난 아니죠. 들은 바로는 이미 중간 광고 금액이 큰 폭으로 올랐다고 합니다."

"하긴, 요즘 TV만 틀면 김성아가 나오니까요."

"그렇죠."

"그럼 연기 수준은 또래에 비해 어떤가요?"

문명준은 그 물음에 잠시 눈을 감고 생각하더니 이내 입을 열었다.

"또래 정도가 아니라 아마 우리나라 모든 배우를 통틀어 다섯 손가락 안에는 들 겁니다."

현일이 놀란 표정을 지었다.

"대단하네요."

"네, 물론 제가 TOP 배우들의 연기를 다 본 건 아니지만 업계나 관련자들의 평이 대부분 그렇더군요."

결국 카더라 통신이었지만 현일은 왠지 수긍이 되었다.

"그런데 언제 온답니까?"

"곧 올 겁니다."

콜라 한 잔 하고 있자니 문 감독의 말대로 김성아가 도착했다.

그녀가 현일을 보고 의문을 표했다.

"작곡가님이 여기 왜 계세요?"

"현장 참관하러."

"음악감독이 현장 구경한다고 뭐가 나와요?"

"너 꼭 누구랑 똑같은 말을 한다?"

"뭐가요?"

"배설연 배우도 너처럼 내가 여기 있는 걸 보고 생트집을 잡더라고."

그녀가 손사래를 쳤다.

"제가 언제 생트집을 잡았다고 그래요?"

"그냥 농담이야. 그나저나 요즘 가수 활동은 어때?"

그녀는 현일의 질문에 짐짓 어깨를 추욱 늘어뜨리며 한숨을 쉬고 말했다.

그 모습만 봐도 충분히 대답이 될 정도이다.

"…힘들지만 그래도 좋아요."

"네가 그렇게 원하던 일인데, 표정은 영 아니네?"

"당연히 기쁘죠. 그런데 주변에서 닦달하니까요."

"아, 무슨 말인지 알겠다."

현일은 고개를 끄덕였다. 무슨 뜻인지 너무 잘 알 것 같았기 때문이다.

세상에는 참 별의별 사람이 다 있는 법이고, 오지랖 넓은 사람도 참 많다.

이미 연기자로서 큰 성공을 거두었는데, 다른 영역에 발을 들인다는 것은 너무나도 대담하고 위험천만한 도전이 될지도 모른다.

그렇기에 김성아의 가족부터 시작해 주변 지인들이나 업계 동료들까지 너도나도 그녀를 뜯어말렸을 수도 있겠다는 생각이 들었다.

'그래봤자 기우에 불과하겠지.'

물론 그중엔 정말 진심으로 김성아를 위해서 그런 말을 하는 사람도 있겠지만 말이다.

"그래도 부모님은 열심히 응원해 주고 계세요."

"너 가수 되려고 아버지랑 싸웠다고 들은 것 같은데?"

"싸움은 무슨, 그냥 사소한 언쟁이었을 뿐이에요. 지금은 누구보다 열렬한 저의 지원자세요."

"인기 좀 끌고 있나 봐?"

김성아가 빙긋 웃었다.

"당연하죠. 제가 누군데요. 지금은 저 가수된다고 했을 때 뜯어말리던 사람들도 다 말이 쏙 들어갔어요."

"다 내 덕분이지. 감사하라고."

"아니거든요~?"

"네 노래 작곡해 준 게 누군데 그래?"

김성아가 부르는 노래의 등급은 레어이다.

사실 같은 등급의 노래라고 해서 그 등급이 동일하게 적용되는 것은 아니다.

등급 안에서도 나름의 차이가 존재한다.

김성아가 부르는 노래가 김성아 버프로 인해 다른 레어 등급 노래보다 더 고평가를 받고 있다는 건 현일의 통장에 저작권료로 찍히는 숫자만 봐도 쉽게 알 수 있었다.

노래를 부르는 사람에 따라 등급이 달라질 수도 있다는 걸 감안해 보면 부르는 사람이 김성아라서 레어 등급이 쉽게 나온 것 같다는 생각도 들었다.

"흥, 작곡가가 어디 GCM님 한 명뿐인 줄 알아요? 이 바닥에 널린 게 작곡가잖아요."

맞는 말이다.

대한민국에 작곡가 지망생까지 전부 포함하면 10만 명은 족히 될 것이다.

현일은 눈썹을 찡긋하며 말했다.

"그래도 나 같은 작곡가는 없지."

"풉! 너무 자만하시는 거 아니에요?"

"실제로 너도 다른 작곡가 놔두고 날 찾아왔잖아?"

"그건……."

그녀는 말문이 막혔다.

"안 그래?"

"그건 처음 만났을 때 설명 드렸잖아요."

"그래그래, 알았다."

"있잖아요, 사람들이 절 뭐라고 부르는지 알아요?"

"음, 새침데기?"

"제가 언제 그랬어요?"

"지금. 딱 어울리는 별명인 것 같다."

"아니라니까요!"

"그럼 뭐라고 부르는데?"

"흐훗, 저보고 덥스텝의 선구자래요."

"그건 난데?"

"대중의 눈에 보이는 건 결국 가수니까요. 하하하!"

하긴 그렇다.

사람들은 당장 대형 기획사의 대표 작곡가 이름도 잘 모르는 게 현실이니까.

그렇게 둘이 노닥거리고 있을 때, 누군가가 등장했다.

"이번에도 오셨군요?"

이 목소리는 배설연이 분명했다.

그녀는 현일이 이곳에 있는 것이 탐탁지 않다는 것을 표정으로, 말투로 대번에 드러냈다.

현일이 고개를 끄덕이며 대답했다.

"네, 음악감독으로서의 책무를 다하기 위해서죠."

"흠, 알겠어요……. 이제 더 뭐라고 말해봐야 입만 아프니까요. 그런데… 옆에 계신 분과는 아주 사이가 좋아 보이네요?"

"물론이죠. 저는 성아의 은인이니까요."

"은인이요?"

"제가 바로 성아가 꿈꿔 마지않던 인기 가수로 만들어준 장본인 아닙니까?"

"아, 어쩐지 노래가 너무 뽕짝거리더라니 GCM이라는 작곡가가 당신이었군요?"

"뽕짝?"

"뭐, 딴따라들이 부르는 노래가 다 그렇지 않겠어요?"

"딴따라라고요?"

김성아가 발끈했다.

"그쪽, 이제 연기로는 안 될 것 같으니까 슬슬 가수로 전향하려는 거 아닌가요? 아하하!"

"지금 말 다 했어요?!"

"어머, 왜 그렇게 화를 내세요? 혹시 제가 정곡을 찔렀나요?"

"보아하니 배설연 배우님이 성아 씨에게 열등감을 가지고 있는 것 같네요."

현일의 말에 김성아가 알겠다는 듯 고개를 끄덕였다.

"무, 무슨 소리를······?"

정곡을 찌른 모양이다.

"나이도 어린 데다 후배인 성아 씨가 배설연 배우님보다 훨씬 더 많은 인기에 더 높은 로열티를 받고 심지어 가수로까지 성공하니 배가 많이 아픈 모양입니다."

현일은 김성아와 배설연을 차례대로 흘깃 보고는 말을 이었다.

"그리고 더 예쁘고, 더 젊고, 더 아름답죠."

그에 반해 배설연은 이제 늙어갈 일만 남았다.

그러니까 후배 검사가 아닌 주인공의 전부인 역할로 캐스팅된 것인지도 모른다.

"호오? 왜 그렇게 김성아를 감싸고도는 거죠? 하고 많은 작곡가 중에서 하필 당신이 그녀의 노래를 만들어준 것도 그렇고··· 설마 그렇고 그런 사이? 이거 연예부 기자한테 흘러들어가면 제법 재밌는 일이 벌어질 것 같은데요?"

"저흰 한솥밥 먹는 같은 식굽니다. 제 가족 밥그릇 챙겨주는 게 당연하죠."

"소속사도 다르면서?"

"회사가 달라도 제 곡을 받은 이상은 내 사람이죠. 안 그래?"

현일이 김성아를 보며 물었다.

어느덧 그녀의 얼굴은 살짝 상기되어 있었다.

"에··· 예? 아, 네. 그렇죠, 뭐······."

"흥! 어쨌든 내일 아주 재밌는 일이 생길 테니까 기대해도 좋아요."

이젠 화해하고 싶은 생각도 안 든다.

*　　　*　　　*

현일의 작업실.

"됐다!"

현일이 쾌재를 불렀다.

그도 그럴 것이.

[에픽 등급의 음악을 작곡하였습니다.]

[극중 장면의 애절함을 매우 잘 표현하였습니다.]

[주인공의 감정이 시청자에게 잘 전달될 것입니다.]

[시청자들은 장면에 더 집중할 것입니다.]

[시청자들은 이 음악이 나오는 장면에서 눈물을 흘릴 것입니다.]

[이 음악으로 인해 시청자들은 작품을 더욱더 좋아하게 될 것입니다.]

[시청률이 적지 않게 상승할 것입니다.]

드디어 에픽 등급의 OST를 완성한 것이다.

에픽 등급은 역시 쏟아지는 메시지부터가 달랐다.

이번에 작곡한 음악은 주인공이 의사에게 시한부 선고를 받은 후 쏟아지는 비를 맞으면서 지난날의 과오를 진심으로 참회하는 장면에서 쓰이게 될 것이다.

'역시 밑져야 본전이다.'

마침 아침에 비가 오기에 김성아에게 그 장면을 혼신을 다해 연기해 달라고 부탁했다. 그리고 그녀는 군말 없이 응해주었다.

도중에 마음에 안 들어 몇 번이고 다시 해달라고 요청했는데도 기분 나쁘다는 내색도 전혀 없이 현일이 원하는 대로 순순히 연기했다.

끌어안고 머리라도 쓰다듬어 주고 싶은 심정이었지만 뺨 맞을 것 같아서 참았다.

하여튼 현일이 도시락을 깨끗이 비웠을 때, 한 통의 전화가 걸려왔다.

─작곡가님, 어제 부하 직원이 작곡가님과 김성아 배우의 스캔들을 들고 왔던데… 사실입니까?

윤 국장이다.

지금은 이사로 승진했다고 들었다.

일전의 고희도 사건으로 한몫 잡은 것도 있지만, 문명준과 검사 박정훈을 계약한 것 또한 큰 공로로 인정받은 것이다.

"헛소문입니다. 그냥 가십거리 좋아하는 어딘가의 찌라시겠죠."

―알겠습니다. 알아서 처리하죠.

"감사합니다."

―별말씀을. 그럼 수고하십쇼.

"예. 윤 이사님도 수고하세요."

현일은 전화를 끊고 어제 배설연의 말이 떠올라 한숨을 내쉬었다.

'재밌는 일이 이거였냐?'

하나도 안 재밌다.

연습에 열중하고 있던 김성아가 그런 현일을 보고 의문을 표했다.

"왜 그렇게 한숨을 쉬어요? 무슨 힘든 일 있으세요?"

"아니, 아는 방송국 사람한테 전화가 왔는데 너랑 내가 사귄다는 제보가 들어왔다는 거야."

그녀가 화들짝 놀랐다.

"누, 누가 그래요?"

"배설연이겠지. 그래도 그 여자가 MBC에 제보했으니 망정이지 다른 언론사였으면 진짜 큰일 났을지도 몰라."

그래도 안전했을지 모르고.

원래 업계라는 게 다 연결되어 있는 터라 윤 이사라면 어떻게든 사전에 막아주었을 것이다.

그는 국내 최대 방송국 중 하나인 MBC의 임원이니까.

현일은 한순간 약이 올라 주머니에서 거칠게 껌을 꺼내 씹었다.

밖이었으면 담배를 물었겠지만 실내이기에 이걸로 참아야만 했다.

'후, 담배는 실외에서 못 피우게 하고 실내에서 피우게 해야 돼.'

한지윤이 담배 대신 씹으라고 준 껌이다.

물론 껌으로 니코틴 욕구를 충족해 줄 수 있겠는가만 사실 담배를 끊고 싶은 생각은 없었다.

아니, 애초에 끊을 거였으면 시작하지도 않았다.

"정말 괜찮은 거죠?"

"음, 뭐, 사실이라고 해도 윤 이사님이 알아서 처리해 주셨을 걸."

"아……!"

김성아가 갑자기 탄식을 내뱉었다.

"……?"

"……"

그녀는 그저 멍하니 현일의 얼굴을 쳐다봤다.

"왜?"

"에? 아, 뭐라고요?"

"왜 그렇게 쳐다… 아니, 됐다. 많이 피곤한가 봐?"

"…네. 목도 칼칼하고, 어깨도 뻐근하고, 다리도 아파요."

김성아는 울상이 되어 신체 여기저기 아픈 부분을 손으로 짚었다.

"하하하하! 그래도 열심히 하는 모양이네. 성장통이라고 생각하고 참아."

오늘은 무슨 얘길 들어도 기분이 좋은 날이다.

무려 에픽 등급이니까.

그녀는 그런 현일을 보며 입술을 삐죽 내밀고 작게 혼잣말을 했다.

"집에라도 데려다 주지."

"응? 뭐라고 했어?"

"그냥 혼잣말이에요."

"파스라도 사다 줘?"

김성아는 서운한 표정을 지었다.

"후, 됐어요. 저 촬영하러 가야 되니까 이만 가볼게요."

그녀는 한숨을 쉬고는 곧 회사를 나섰다.

현일은 그런 그녀의 등을 쳐다보며 고개를 갸웃했다.

"…왜 저래?"

그러나 현일은 이내 상념을 떨쳐 버리고는 완성된 에픽 등급의 OST를 문명준에게 전송했다.

*　　　　*　　　　*

우우웅.

문명준 감독의 전화기가 진동한다.

"오, 왔군."

현일에게서 메일이 온 것을 확인한 문명준은 아무 생각 없이 바로 재생했다.

그는 현일이 보내온 OST를 몇 번이고 반복해서 들어보고는 골똘히 생각에 잠겼다.

아무런 기대감 없이 무의식적으로 재생한 OST였지만, 문명준은 자신도 모르게 눈가에 맺힌 눈물방울 한 점을 스윽 훔쳤다.

노래만 들어도 어떤 장면이 나올지 모두 구상이 될 것만 같은 정도의 느낌이다.

'역시 대단한 작곡가야.'

마음 같아선 모든 배우에게 이 노래를 들려주고 싶은 기분이다.

'아! 그렇게 하면 되겠군.'

턱을 짚으며 고민하던 문명준은 이내 무릎을 탁 쳤다.

시간은 쏜살같이 흘렀고, 촬영 일정이 다가왔다.

"다행히 비가 오네요."

점퍼 차림의 연출팀 PD가 쌀쌀한 날씨에 옷매무새를 가다듬으며 문명준에게 말했다.

"그러게 말이야. 그놈의 기상예보는 오늘따라 또 정확한지 준비한 연출용 물이 다 쓸모없게 됐어. 하하하!"

"그거야 뭐 다음에 쓰면 되는 거 아니겠습니까?"

"그렇지."

"수고하십니다, 감독님."

검사 박정훈의 주인공을 맡고 있는 박제호 배우이다.

박제호는 어쩌 조연들에게 인지도가 밀리는 감이 없잖아 있었지만 그래도 검사 박정훈의 주인공을 맡았다.

"에이, 수고는 무슨, 수고는 자네가 다 하지. 지난번 연기 아주 좋았으니까 더도 말고 덜도 말고 딱 그만큼만 해."

"과찬이십니다."

박제호가 살짝 고개를 숙이며 대답했다.

"하하, 자넨 너무 겸손해서 탈이야."

"겸손하긴요."

"오늘 촬영 끝나면 본격적으로 MBC에서 방영 시작될 테니까 긴장 늦추지 말고 어서 가서 준비해. 곧 시작할 거니까."

"네."

치익.

빗방울에 꺼진 담배에 다시 불을 붙이며 문명준이 현일에게 물었다.

"김 배우는 아직입니까?"

"김성아요? 아까부터 오고 있다고 하는데… 아직 안 오네요."

"스타는 늦는다, 뭐 그런 것도 아니고……."

"차가 많이 밀리는 것 같습니다."

"지금이 출근 시간도 아니고 퇴근 시간도 아니잖습니까?"

현일이 고개를 갸웃했다.

"글쎄요. 생각해 보니 아까 우리도 오면서 약간 밀렸던 것 같습니다."

"으음, 비가 와서 그런가?"

"그런가 봅니다."

문명준은 우산 밖으로 손을 뻗고 손이 젖어가는 속도를 가만히 살펴보았다.

"…비가 예상보다 많이 오는 것 같지 않습니까?"

"예, 슬슬 바람도 부는 것 같습니다. 이거 최대한 빨리 촬영 끝내고 정리해야 될 것 같은데요?"

"음, 그래야 될지도 모르겠군요."

문명준이 고개를 끄덕였다.

스태프들은 감독의 권한으로 비바람 속에서라도 어떻게든 굴려먹는다 쳐도 다른 스케줄이 있는 배우들을 흠뻑 젖은 생쥐 꼴로 보낼 수는 없었다.

물론 그것도 김성아가 도착하고 나서 생각할 문제였다.

문명준이 손목시계를 들여다봤다.

'왜 이리 안 와? 지각이라곤 모르는 녀석이…….'

두 개째 담배가 필터까지 타들어갔을 때 김성아가 마지막으로 도착했다.

"김 배우, 왜 이렇게 늦었어?"

"죄송해요. 차가 많이 밀려서……."

문명준은 한소리 할까 했지만 이내 고개를 저었다.

일단 촬영이 먼저라고 판단한 것이다.

그리고 거의 전신이 축축해진 그녀의 모습을 보니 왠지 뭐라 하기가 힘들었다.

현일이 한마디 했다.

"너 왜 그렇게 젖었어? 걸어온 것도 아닐 텐데."

"괜찮습니다. 오히려 저게 더 좋아요. 얼른 촬영 시작합시다."

"예."

잠시 후 촬영이 시작되고, 잠시 동안 빌린 대검찰청의 옥상에서 주인공 역할의 배우가 쏟아지는 비를 맞으며 하늘을 올려다본다.

인명재천(人命在天).

손에 들고 있는 뇌종양 진단서가 비에 젖어간다.

검사이면서, 아니, 검사이기에 불법적인 일을 저지르면서까지 더 높은 자리로 올라가기 위해 애를 쓴 자신의 덧없는 과거에 회한이 찾아오는 장면이다.

자신의 운명은 애초부터 하늘에 달려 있었음을 절실히 깨닫는 주인공과 그런 박정훈의 쓸쓸한 모습을 가만히 뒤에서 바라보는 김성아.

그 신에서 감독은 음향팀에게 현일이 준비한 OST를 틀 것을 지시했다.

"예? 그러면 마이크에 노래가 같이 녹음돼 버릴 텐데요?"

"나도 알아."

"나중에 따로 음향팀이 편집해야 할 겁니다."

"그게 네 일이잖나. 어차피 지금 촬영 파트는 등장인물 대사도 없어. 적당히 빗소리만 편집해."

"……"

그게 쉬운 일이 아니다.

그러나 음향팀 PD는 고개를 끄덕일 수밖에 없었다.

누가 뭐래도 감독의 지시이고, 애당초 그러기 위해 편집팀이 있는 거니까.

결국 고생하는 건 음향팀 PD 밑의 사람들이겠지만.

"OST 하나가 뭐라고……"

음향팀 PD와 조연출들은 서로 작게 투덜거렸지만, 문명준은 곧 그들의 생각이 바뀔 거라 믿었다.

그리고 곧 문명준의 생각대로 되었다.

"오……?"

"오, 이 노래 괜찮다."

"괜찮은 정도가 아니야. 분위기 때문인가? 지금 신이랑 엄청 잘 어울리는 것 같은데?"

"그러게."

"누가 작곡한 음악이래?"

"저기 있잖아. 문 감독님 옆에 서 있는 저 사람."

"아~ 그 음악감독? 진짜 젊어 보이는데 대단하네."

"여태껏 저 사람인 줄 모르고 있었어?"

"원래 음악감독은 현장에 잘 안 오잖아. 그래서 별 관심 없었지."

어딘가에서 감탄사가 터져 나오자, 그를 시발점으로 제작진과 배우들은 마치 기다렸다는 듯이 몸짓, 또는 말로써 노래에 대한 저마다의 생각을 표현했다.

현일은 그 모습을 보며 흐뭇한 미소를 지었다.

그리고 극의 연기자인 김성아와 박제호는 이 노래에서 그들과는 다른 것을 느꼈다.

말로는 형용할 수 없는 전율이 그들의 몸에 일었다.

마치 이 세상 모든 연기를 자신이 다 할 수 있을 것만 같은 기분이다.

[에픽 등급의 OST가 울려 퍼집니다.]

[배우들의 연기력이 향상됩니다.]

[배우들의 인기에 영향을 미칠 수 있습니다.]

'배우들의 인기까지 쥐락펴락할 수 있다니⋯⋯.'

현일은 떠오른 메시지에 감탄했다.

물론 쥐락펴락하기까지야 아니겠지만, 역시 에픽 등급은 뭐가 달라도 다르다는 게 실감이 났다.

박제호가 고개를 들며 무언가를 중얼거렸다.

그러자 몇몇 PD들이 어떻게 할 거냐는 눈길로 문 감독을 바라보았다.

지금은 대사가 없는 파트라 감독이 '컷!'을 외칠 법도 하건만, 문명준은 그런 그를 가만히 놔두었다.

공교롭게도 박제호가 입을 열기 전에 애드리브를 고심하는 모습이 자신의 처지를 고뇌하는 모습과 잘 매치되었다.

*　　　*　　　*

촬영을 마치고 차에 오르는 현일이 주변을 힐끗 돌아보며 김성아에게 물었다.

"오늘 무슨 일 있었어? 왜 이렇게 늦은 거야? 그렇게 흠뻑 젖은 건 뭐고? 로드 매니저는 어디 갔어?"

"한 번에 하나씩만 물어보세요."

"왜 늦었는데?"

"매니저를 기다리고 있는데 갑자기 비가 오지 뭐예요? 주변에 편의점도 없고 해서 그냥 올 때까지 비 맞고 있었죠. 그때 전화가 오더라고요. 매니저가 아버지의 기일이어서 급히 본가로 내려갔다고요. 그래서 하는 수 없이 회사에서 보내준 차로 온 거예요."

하나의 질문이었지만, 김성아는 청산유수처럼 현일의 네 개의 질문에 대한 답을 내놓았다.

어쩐지 평소엔 그녀의 뒤를 줄줄 따라다니는 매니저와 기타 등등이 없다 했더니 그런 사연이 있었던 것이다.

"그런 건 사전에 미리 알렸어야 되는 거 아냐?"

"워낙 제 매니저가 일에 열정적이라 잊고 있었나 봐요."

"…그럴 수도 있지."

현일은 고개를 끄덕였다.

아무리 로드 매니저가 박봉에 공휴일과 휴가 따윈 꿈도 꾸기 쉽지 않은 매우 고된 직업이라곤 하지만 부모의 제사까지 치르게 하지 못할 정도로 매정한 기획사는 없을 것이다.

설령 사전에 통보를 안 했더라도 말이다.

"그럼 회사에서 임시 매니저 붙여주는 거 아냐?"

"제가 거절했어요."

"왜?"

김성아가 어깨를 으쓱해 보였다.

"그냥… 저 혼자 다니고 싶어서요."

"다음 스케줄은?"

"취소됐어요. 하루 미룬다고 방금 연락 왔어요."

"그럼 집에 가는 거야?"

"네."

현일은 자동차의 문짝을 탕탕 두드리며 말했다.

"혼자 갈 수 있겠어? 비도 많이 오는데."

김성아는 현일의 의도를 알아차렸지만 원래 한 번쯤은 튕겨야 제 맛인 법.

그녀는 묘한 미소를 지었다.

"저 어린애 아니랍니다."

"그렇긴 하지… 그럼 조심히 들어가."

그러나 현일은 대수롭지 않게 운전석에 오르더니 문을 쾅 닫았다.

"……."

부우우웅!

김성아는 그렇게 떠나가는 차를 우두커니 서서 바라보며 한숨을 내쉬었다.

"하아!"

*　　　　*　　　　*

검사 박정훈을 모니터링하고 있는 현일.

원래 1화부터 방영될 때마다 시청률만 전해 들었지만, 오늘은 그 기다리고 기다리던 에픽 등급의 OST가 흘러나오는 분량이었기 때문이다.

'어디 보자. 이때까지 시청률이⋯⋯.'

현일은 폰으로 문명준에게 받은 메시지를 뒤졌다.

1화의 시청률은 22.8%.

2화는 24.4%.

4화는 27.9%.

지금 방영되는 건 5화였고, 매 화마다 시청률은 꾸준히 상승 중이었다.

자세히 기억은 안 나지만, 전생에서 검사 박정훈의 시청률은 지금보다 10% 정도 낮았을 거라고 생각했다.

상승세 또한 더뎠을 것은 두말하면 잔소리다.

이게 다 문명준의 기획과 GCM엔터테인먼트의 투자금과 더불어 캐스팅된 배우들, 그리고 현일의 OST가 만들어낸 시너지였다.

'오늘은 그 시너지가 폭발하는 날이 될 거고.'

곧 비 내리는 그날에 찍은 장면이 나왔다.

'편집 잘됐네.'

박정훈이 고개를 드니 비가 그의 얼굴을 때린다.

눈물처럼 흘러내리는 빗방울은 정말 우는 것처럼 보이게 했고, 내리는 빗소리는 현일의 OST와 절묘하게 어우러져 애잔한 화음을 이루어냈다.

─하늘도 같이 울어주는구나.

그의 회심의 애드리브는 다행히도 편집되지 않았나 보다.

현일은 시청자의 반응을 봤다.

—박제호가 저렇게 연기를 잘했나?

ㄴ그러게요. 저 배우 다시 봤음. 저 팬 될 듯. 아니, 이 드라마 팬 할 거임.

—맨날 김성아 나오는 부분만 골라서 봤는데 당장 1화부터 정주행하러 갑
니다~

실시간으로 업데이트되는 수많은 댓글 중에서도 단연 현일의
OST에 대한 이야기가 압도적으로 주를 이루었다.

—오~ 이 노래 좋네요. 누가 제목 좀 알려주실 분?

ㄴ지금 검색하러 갑니다~

—저도 OST 궁금해서 미칠 지경임. 음악 고수 등판해라!

—정말 장면과 끝내주게 매치되는 OST 같습니다. 투자금 좀 받더니 배우
캐스팅하는데 돈 너무 쏟아 붓는 거 아닌가 걱정했는데 음악감독도 제대로
된 사람 하나 데려왔나 봅니다.

ㄴ추감+l

—OST 원래 있는 노래를 가져다 쓴 건가요, 아니면 오리지널인가요?

ㄴ원래 있던 거 아닐까요? 장면 하나에 잠깐 삽입하는 노랜데 이 정도의
퀄리티를 뽑을 리가 없음.

—노래 제목 좀 알려주세요! 급함!

ㄴ내가 더 알고 싶다.

—저 노래 제목 알기 전에는 오늘 잠 못 잘 것 같습니다.

—가사도 없고~ 그냥 노래일 뿐인데 뭐 그리 호들갑을 떠시는지, 들. 아,
근데 왜 눈에서 ㅋㅋ 땀이 나지? ㅋㅋ;;;

—뭔가 대충 살던 지난날의 과거를 반성해야 할 것 같은 기분이 든다.

슬며시 미소를 짓는 현일에게 전화가 걸려왔다.

『작곡가 최현일』 3권에 계속…

이제부터 전자책은

이젠북

www.ezenbook.co.kr

❈ 새로운 세계가 열린다! ❈

초대형 24시 만화방

신간 100%, 샤워실, 흡연실, 수면실(침대석), 커플석, 세탁기 완비

■ 시흥 정왕25시점 ■

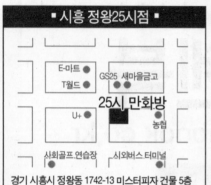

경기 시흥시 정왕동 1742-13 미스터피자 건물 5층
031) 319-5629

■ 강북 노원역점 ■

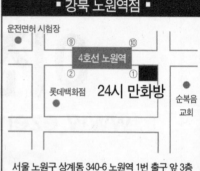

서울 노원구 상계동 340-6 노원역 1번 출구 앞 3층
02) 951-8324 (화용빌딩 3층)

■ 일산 정발산역점 ■

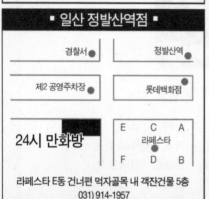

라페스타 E동 건너편 먹자골목 내 객잔건물 5층
031) 914-1957

■ 일산 화정역점 ■

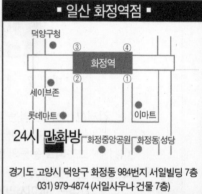

경기도 고양시 덕양구 화정동 984번지 서일빌딩 7층
031) 979-4874 (서일사우나 건물 7층)

■ 부천 역곡역점 ■

역곡남부역 기업은행 건물 3층
032) 665-5525

■ 부평역점 ■

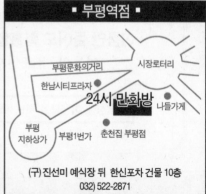

(구) 진선미 예식장 뒤 한신포차 건물 10층
032) 522-2871

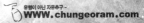

이모탈 퓨전 판타지 소설
FUSION FANTASTIC STORY

용병들의 대지
Road of Mercenaries

이 세계엔 3개의 성역이 존재한다.
기사들의 성역, 에퀘스.
마법사들의 성역, 바벨의 탑.
그리고… 그들의 끊임없는 견제 속에 탄생하지 못한

『용병들의 대지』

전쟁터의 가장 밑을 뒹굴던 하급 용병 아론은
이차원의 자신을 살해하고 최강을 노릴 힘을 가지게 된다.

그의 앞으로 찾아온 새로운 인생!
아론은 전설로만 전해지던
용병들의 대지를 실현시킬 수 있을 것인가!

Book Publishing CHUNGEORAM